荒神絵巻

こうの史代　絵と文
宮部みゆき　原作

朝日新聞出版

荒神絵巻　目次

一

雪《ゆき》間《ま》

駆けろ、駆けろ。

こっちでいいのか、じっちゃ。

慣れた道も、今は薄雲に透ける月とわずかな雪明かりがたよりだ。

裸足のあしうらを受け止めていた雪解けのやわらかな土が、尖った砂利に変わった。道はゆるい下り坂になった。小平良山《おたらやま》を越えて、大平良山《おおたらやま》の尾根道に入ったんだ。

蓑吉《みのきち》はよろけて地面に倒れ込んだ。

大平良山のてっぺんから風が唸って吹きつける。

じっちゃに叩き起こされたのは、ほんの四半刻前だ。騒がしかった。折れる音、割れる音、悲鳴、地響き。じっちゃは、鉄砲の弾を革袋に入れながら言った。

――小平良様を越えたらそのまま下って馬《ま》留《どめ》で待っとれ。ずっと風上に居てはいかん。わしも本庄《ほんじょう》村へ知らせたらすぐに行く。

じっちゃは村一番の鉄砲撃ちだ。蓑吉はじっちゃと二人、仁《に》谷《だに》村の番小屋で暮らしていた。

山犬の群れだろうか。

山犬が早く来る年は凶作になる。そういえばおとどい、今年は風の巡りがおかしいな、と村の誰かが話していた。

それとも…人狩りだろうか？

じっちゃ、じっちゃ、早く来い。

村の騒ぎは闇に塗りつぶされて、この森には届かない。大平良山を吹き下ろすこの風のせいか。それとも…。

もう終わったのだろうか？

その時、後ろの藪《やぶ》から人が這い出てきた。

「蓑吉かあ？　源《げん》じいはいねえのか」

伍助《ごすけ》だ。

いつも猿酒みたいな変な酒を仕込んでは飲み呆けている、村の持て余し者だ。


夜の底に火が覗いた。

仁谷村に、火の手があがったのだ。

伍助は鼻水と涙を垂らしてとろとろ呟く。

「源じいも村か。いかん。あんなものに襲われては、村の衆はみんなもういかん」

あんなもの？　山犬ではないのか…じゃ、

「伍助さん、あれは人狩りか？」

「弾正《だんじょう》の牛頭馬頭《ごずめず》どもは、人は狩っても村は焼かねえ」

「ありゃ…お山だ。

お山ががんずいてんだ。

わっしのじい様は言うておった。お山ががんずいたらどうしようもねえ。隠れてるしかねえって」

伍助は不意に吐き捨てた。

「山作りなぞするからだ！」

そしてよろよろ起き上がって、本庄村へと歩きだした。


本庄は隣村だ。じっちゃも行くと言っていた。でも。やっぱりおいらは仁谷村へ戻ろう。誰かと行き合うかも知れない。

また風が吹きつけて来た。
こんどの風は冷たくなかった。生臭い。背後で何かがひゅっと鳴った。蓑吉は振り返った。「伍助さん？」
伍助の姿はなかった。ただ脱げた草鞋《わらじ》が落ちていた。生温かく、濡れている。

達之助　二

　幼い頃から親しんだこの鎮守の森でも、鳥たちが艶やかに啼《な》き交わしはじめた。
　小日向直弥《こびなたなおや》は読みさしの書状から顔を上げた。木々の向こうに白くそびえる大平良山も、今日は日差しに和らいで見える。
　三月も半ばだ。この陸奥《むつ》の南端の山々に抱かれる香山《こうやま》の地にも、春がやって来た。
　お末《すえ》の着せてくれた綿入れももう重い。直弥の長かった冬も、もうじき終わるのだ。

「おお、いたいた」
　志野《しの》達之助《たつのすけ》が鳥居をくぐって近付いて来た。達之助と直弥は、父同士が親しく、兄弟のように育った仲だ。顔を合わせるのは昨年の秋——直弥が小姓の役を解かれて町外れの寮に移って以来だ。
「珍しい。お前が鎮守様にお参りするなど、熊が赤子に子守歌を歌うほどに面妖だ」
　笑いながらも直弥は少し後ずさった。

その直弥の肩を、達之助は掴んだ。

「心配するな。伊織《いおり》先生から伺った。お前はもう本復だ。感染《うつ》ることはないそうだ」

そうだ。私はもう病人ではない。達之助の言葉は心強かった。直弥は達之助を見た。

「達之助、その出で立ちは、山番か」

達之助はうなずいて、眉を寄せた。

「それこそ熊が赤子の守りをするほどに面妖な事が起こってな」

「北二条《きたにじょう》の仁谷村で逃散《ちょうさん》があったらしい」

「逃散!?」

「詳しい事情はわからんのだ。本庄の秤屋《はかりや》からゆうべ知らせが来たばかりでな」

仁谷村の家々が焼かれ、あるいは壊されて、村人が一人残らず姿を消した。本庄村の者が使いに行って、偶然それを知ったと言う。直弥は言った。

「また曽谷《そや》弾正の仕業じゃないか」


「弾正の…牛頭馬頭どものやり口とは違うようなんだ。馬の足跡も残っていないし、刀や弓が使われた跡もない」

話しながら達之助は考え込んでいた。

「逃げなければならない何かが起こって、仁谷村の者はただ逃げたんだ。しかし…。方向が解せんのだ。足跡はみな東へ向いて逃げているというんだ」

「香山の民が永津野《ながつの》へ逃げた、というのか」

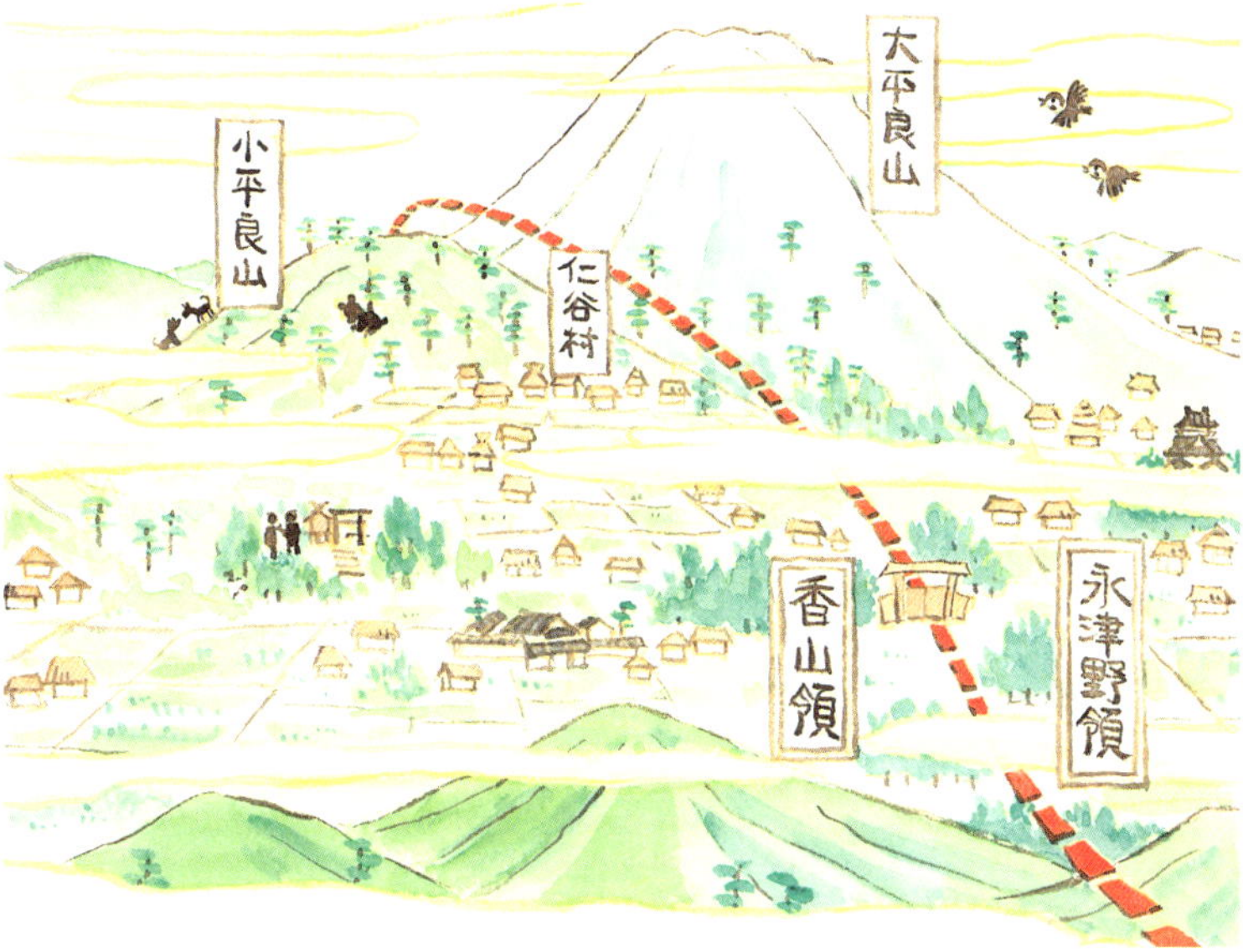

　香山は四方を山に囲まれた藩だ。東西南北の森を開拓しては、もともと多く自生していた香木や生薬の素となる草木の畑や林を作ってきた。この作業を人々は「山作り」と呼んだ。研究を重ね、雪深い自然の無情に抗いながら、山作りは八十年をかけて、南、西、東へ、そして北へと進められた。

　仁谷村と本庄村を含む五カ村は、北二条と呼ばれ、今まさに山作りに携わる人々の住む開拓村だった。

　北の山作りは容易には進まなかった。

　それは、北から東にかけてそびえる大平良山が大きな理由の一つだった。この山は古くから神の住まう神聖な場所とされてきた。加えて、隣接する永津野藩の領地なのである。

　香山領は、大平良山の足元に突き出た小平良山までなのだ。とはいえ深い森や岩場に境目があるわけでもなく、うっかり北上しては隣藩を刺激しかねない。

　香山の産物は、いまや江戸表や上方にまで知られるようになった。かたや幾つかの小さな金山を掘り当てて潤った時代があった永津野は、山から金を取る以外の知恵も工夫も持ち合わせない。

北二条の村々で［人狩り］が横行しだしたのは、曽谷弾正という男が永津野藩主の側近となったここ数年のことだ。

　それまでも永津野領民は圧政に耐えかねて香山領に逃げ込むことがしばしばあった。それが、永津野の役人が北二条の村に押し入っては、彼らを連れ戻し、さらに逃散を助けた罪を問うという名目で香山の民までも連れ去るようになったのだ。

民の解放と引き換えに、法外な罰金や開拓した山を要求してくることもある。しかし、連れ去られた香山の民は、厳しい労役の果てに解放される前に死んでしまう。北二条の村人は人狩りに来る永津野の役人たちを［牛頭馬頭］と呼んで恐れていた。
　天下が治まって百年。圧政と搾取で築いた強大な軍事力を擁する永津野に対し、香山藩は必死の交渉を繰り返してきた。

「これから検視だ。山番は月末からのはずが出立が早まってしまった」

　達之助は溜め息をついた。香山の番士は一年交替で様々な場所の守りに就く決まりである。志野家は代々番士だ。父は徒組《かちぐみ》の総頭である。そして、達之助には妹がいた。

「おれは、お前の病臥《びょうが》で祝言《しゅうげん》が流れてしまったのが心残りでな。本復したのだから早く奈津《なつ》を娶《めと》ってやってくれ」

突然の言葉に直弥は戸惑ってうつむいた。

「奈津は承知だ。それともお前、かくれて文《ふみ》をやりとりする娘が別にいるのか」

　さっき声を掛けられ、あわてて懐に文を入れたのを見られていたようだ。

「いや、これは菊地《きくち》圓秀《えんしゅう》殿からの文だ」

　圓秀は昨年の秋、御館《みたち》町の光栄《こうえい》寺に滞在していた絵師である。相模《さがみ》藩の御抱絵師である養父の命で陸奥の各地を訪れていた。

父の七回忌で光栄寺に出向いた直弥は、この十歳上の絵師とすぐにうちとけた。
「心配ない。ご住職を介して届いたし、絵のことばかりだよ。今はこちらでの見聞をもとに大作に取り組んでおられるそうだ」
　徳川将軍家も五代綱吉《つなよし》公の治世となり、公儀隠密《おんみつ》の目は、国じゅうに光っている。香山と永津野の因縁にも、特に注意が払われているに違いない。

　この時勢に、不用意に領外の者と関わるものではない。幼馴染みの心配も直弥には分かっていた。達之助は苦笑した。
「まあいい。近いうちお前も柏原《かいばら》様に申し出て、番士として復職したらいい。すっかり肉が落ちているから鍛え直してやるぞ」
　別れ際、小道を下りていた達之助はふと立ち止まり、向き直って頭を下げた。
「奈津を頼むぞ。このとおりだ」

朱音　三

「小台《おだい》様、ご覧くだせえまし。小台様の新しいお屋敷、ほんに大きくて立派だあ」

響き渡る掛け声と槌音《つちおと》の中、おせんが歓声をあげた。朱音《あかね》もつられて微笑んだ。

「おせんったらはしゃいで。これは私ではなく名《な》賀《か》村のお蚕様のお家なのですよ」

「あいすみません！」

おせんはぺこりとして、風呂敷包みを背負い直す。朴訥《ぼくとつ》なしぐさに朱音はまた笑う。

名賀村は永津野藩の西のはずれ、大平良山と小平良山の裾にある。炭焼きを生業としてきたが、藩が養蚕の振興を始めてからは桑を植え、蚕を育てるようになった。

朱音が上州《じょうしゅう》の山寺からこの永津野に来て、三度目の春が来た。

十六の歳に別れた兄、市ノ《いちの》介《すけ》が、永津野藩主にその才を買われ、側近として仕えている、と知ったのは六年前のことだ。

——兄様《にいさま》は、生きておられた。

朱音はにわかには信じられなかった。

物心つく頃にはすでに家も両親もなく、兄妹《きょうだい》は上州植草郡《うえくさごおり》の自照《じしょう》寺にいた。仏道を厭い己の運命を憎み、荒みゆく兄を見かねて、住職の慈行和尚はある武家に預けた。だが兄はその養家をも元服後に飛び出した。

そして、ひそかに朱音を訪ねたのだった。市ノ介は言った。これが今生の別れになる。

それから十数年。自照寺の宿坊で下働きを続けていた朱音のもとに突然、永津野藩の使者はやって来た。まばゆい反物や櫛、そして今や曽谷弾正と名乗る兄の華やかな逸話をならべ、その兄が生き別れの妹を迎えて、共に暮らしたがっていると述べた。
野分《のわき》のように、使者は朱音の心をかき乱した。親代わりの慈行和尚は諭した。
——迷いがあるならば、行ってはいけない。

和尚が亡くなったのはその二年後だった。

朱音は三十代も半ば。寺に籠ったまま娘盛りは過ぎていた。妾奉公のような縁談がちらほら舞い込み、ただ心細く、よるべなく、いたたまれなかった。そこへ折よく再び訪れた使者にすがり、永津野行きの誘いを受けてしまったのだった。

また流される。朱音の迷いを伺い知る者はもういない。私はまた、兄様に流される。

津とは、船着き場を意味する。

山また山の永津野には海も湖もない。しかし、領の中央に細長く高原が延びる様子は桟橋のようで、それがこの地名の由来なのだった。その桟橋の一端にあるのが津ノ先城。城のすぐそばに、御側番方衆筆頭・曽谷弾正の屋敷はある。

妹と対面した兄は、悦びに声を震わせた。

「久しいな朱音。よくぞ参った」

兄・市ノ介あらため弾正は、別れて以来の歳月のどこかで左目を失っていた。しかし残された右目には鋭い光が宿っていた。
——俺にもお前にも、味方は一人もいない。
そう囁《ささや》いた十六歳のあの夜よりも。
弾正の妻・音羽《おとわ》は若く愛らしく、娘・一《いち》ノ《の》姫《ひめ》は二歳になろうとしていた。音羽は藩主の親族であり、この縁組は藩主・竜崎高《りゅうざきたか》持《もち》が直々に取りまとめたものであった。

屋敷の家人たちは一様に年若い。それは、弾正を支える古参の人材がいないということでもある。兄は藩主の格別な取り立てにより、急速に今の地位に成り上がったのだ。
竜崎高持は、父の急死によって十七歳で永津野藩主となった。公儀の施策のため江戸に育った青年藩主は、国入りすると間もなく、長く行われなかった御前試合の催行を決めた。

勝者を番士として取り立てるというこの御前試合には、多くの浪人が押し寄せた。

市ノ介もその一人であった。江戸にはいたようだが、どこで腕を磨いたともつかぬ野剣で、なみいる浪人たちの中を勝ち上がり、最後に藩の剣術指南役をも打ち負かし、青年藩主の心をとらえてしまった。

また、その江戸言葉も、高持には懐かしかったのかも知れない。

主君の身辺警護を司る御側番方衆ではあるが、弾正はさらに幾つかの献策をした。その一つが養蚕の振興である。
蚕を飼い、繭をとり、絹糸を紡ぎ、織り、売る。そのために蚕の餌となる桑畑を作る。
かつて幾つかあった小規模な金山を掘り尽くして以来、永津野の産業は自藩を養うだけの米作りに追われてきた。
――これからは、藩政を潤す金を得る時代だ。

実際に江戸の市井で暮らした実感をもって、弾正は藩主を説きつけた。

こうして領内で大規模な養蚕が始まった。朱音が永津野に入ったのは、その三年目のことだ。領内のあちこちには「お蚕様の村」があり、弾正は各地を巡っては激励し、監督していた。留守がちの兄に代わって、家人や女中らが語ってくれる新しい産業の夢に、朱音の心もしだいに惹かれた。

流れ藻のように非力な身。しかし。

本来ならば頼るべきでなかった兄と、せめて距離を取りたかったのかも知れない。

朱音は、兄に領内のお蚕様の村へ遣わしてほしいと願い出た。

「私が率先して学び、働くことは、殿と兄様のお心にもかないましょう」

弾正は驚いた——ように見えた。

「ここの暮らしに飽いたか、朱音」

「わしはお前を相応の家に縁付けたいと考えていたのだ。殿からも弾正自慢の妹ならば召し出せとの仰せもあったのだぞ」

「とんでもないことを。兄様はご家中の皆様の目にもう少しお気を配るべきです」

「説教臭いな。慈行和尚そっくりだ」

弾正は短く笑った。眼帯に隠れて、横顔からは表情は測りかねる。

「俺が怖いか。それでここを出るのか」


緊張が走る。朱音は答えなかった。

「兄様は、慈行和尚を思い出すことがおありなのですね」

「知らん。わしは追い出された身だ」

「兄様がだだをこねたからでしょう。それに植草郡の養父母にはお便りしましたか。不孝と不義理を詫びねばなりません」

「やれやれ、今度は姉のようだ」

弾正は向き直った。眼から笑っている。

意外にも数日後、弾正は朱音に告げた。

「領の西、香山との国境《くにざかい》の近くに名賀という村がある。気に染むなら行くがよい」

俺が怖いか、と問うた兄もまた、私を恐れているのだろうか。朱音はふと思った。

弾正と朱音は双子の兄妹だ。稀な縁で共に生まれ落ち、再会せずにいられなかったのに、恐れ合っている。音羽との親しみを断ってまで、また離れようとしている。

名賀村での朱音の住まいは、「溜家《たまりや》」と呼ばれる古い屋敷であった。砦《とりで》が出来る以前は国境を守る番士たちの屯所だったという。今はじいと呼ばれる老人が、たった一人その番をしていた。
朱音は「小台様」と呼ばれるようになった。当主の姉妹、という意味だ。
のんびりと語尾を引っ張る永津野のお国訛りに、朱音はあらためてここで出会った。

「お蚕様に仕えて皆さんと共に働きます、どうぞよしなに教えてください」

ていねいに頭を下げた朱音に、畏れ多い「小台様」に怯えていた村の者は皆驚いた。

寺での生活で、煮炊きも掃除もおてのものである。楽しそうに働く小台様に、庄屋の長橋茂《ながはしも》左《ざ》右《え》衛門《もん》たちは、こりゃあ狐かあと語り合ったという。そんな笑い話も聞けるほどに朱音は名賀村に馴染んでいった。

ところでこの春は、村には珍しい客人があった。榊田宗栄《さかきだそうえい》という浪人者である。

茂左右衛門の孫の太《た》一郎《いちろう》は、使いに出た津ノ先城下で、突然熱を出して寝込んでしまった。その旅籠で世話になったという。

雪崩の時期でもある。江戸へ戻る途上にあるという浪人に、太一郎は雪解けまで名賀村に滞在するよう勧めた。長橋家では跡取りの恩人を下にも置かぬもてなしようだ。

朱音も早々に挨拶に出向いた。その日はたまたま困り事があり、庄屋に相談した。

「ここ数日どういうわけか、山犬が溜家のそばで騒いでいるのです。囲いに入れていた鶏もとられてしまいました」

「では砦の番士に警備を頼みましょう」

「……」

砦の番士と聞いて、朱音は唇を噛む。茂左右衛門は渋い顔になり、口を開きかけた。


「それがしが溜家へ参りましょうか」

遮って、榊田宗栄がのほほんと言った。

「これでも武士の端くれ。害獣などこの剣にて退け、小台様をお守り致しましょう」

朱音は即座に答えた。

「有り難いことでございます！」

宗栄はそのまま溜家の用心棒となった。

「いやこちらこそ助かりました！　あれほどの歓待は、かえって息が詰まり申す」

溜家には今、朱音と女中のおせん、屋敷番のじいと村の若衆《わかしゅ》の加介《かすけ》が暮らしている。宗栄はたちまちその誰もと親しんだ。

とらえどころのない人物である。

溜家の守りを加介と見直し、無口なじいから村の昔話を聞き出し、ふらりと山に入っては小娘のおせんにがみがみ叱られる。朱音のことも小台様ではなく［朱音殿］と呼ぶようになったが、それも妙に心地いい。

さて今朝は、朱音は女中のおせんを伴い、庄屋を訪ねた。その帰り道である。

名賀村に溶け込んで、朱音は三十八になった。朱音と庄屋の茂左右衛門とで相談し計画した、お蚕様をまとめて世話するための新家の建設も始まった。おせんのかざした手に、春の陽が柔らかく光っている。槌音に乗って、やがてお山の雪もすっかり消える。桑も芽吹き、お蚕様も孵《かえ》るだろう。

「小台様、小台様あ！」

溜家に向かうゆるい坂道を、加介が駆け下りて来る。

「宗栄様が、裏山で怪我人をめっけられて」

おとなしい加介が珍しく慌てている。

「こんまい童子です。飢えて、凍えて…は」

しかも震えている。

「秤のしるしの手ぬぐいを提げてる…」

みるみるおせんの顔も強張った。

「どういうことなの？　おせん」

溜家に駆け戻る加介を見送りながら朱音はぽかんとしていた。おせんは足を踏ん張って、低く答える。

「おらたちの庄屋様の屋号は「箍屋《たがや》」です」

「ええ。箍のしるしを皆付けていますね」

「「秤屋」は、香山の庄屋の屋号です」

怪我人は香山藩の子どもというわけか。朱音の心はざわめく。もしやその子は…。

溜家に戻ると、朱音は言った。
「落ち着くまで庄屋様にはお知らせしないでおきましょう。お騒がせしてはいけません」
怪我人は男の子だった。東の間に寝かされている。じいは湯をたて、おせんと加介は火鉢を部屋に運び込む。宗栄はその細い身体を注意深く触って確かめている。
「幸い骨はどこも折れていないようです」

「裏の森の木の根っこの入り組んだところに、頭を突っ込んで、倒れていました」

下帯ひとつの子どもの身体は、擦り傷だらけだ。打ち身もあるのかも知れないが、凍えた皮膚の色からは見て取れない。

宗栄の後ろに、盥《たらい》が置いてあった。子どもの身に着けていたものが入れてある。

「どれ、背中も検《あらた》めてみましょう。朱音殿、手を貸してください」

二人でそっと子どもの身体を裏返す。

肌がところどころ剥けている。

背中にはいくつか凍りついた傷がある。何かで突かれたように丸く小さく、点々とゆるい弧を描いている、ように見える。

――刀傷ではないわ。

朱音は思わず安堵の息をついた。

「さほど深くはなさそうだ。湯に浸けても血止めがあれば大事には至らんでしょう」

「擦って温めようとしたのですが、肌が剥けてしまうのです。湯から出たら、打ち身と火傷の膏薬《こうやく》をお願いします」

宗栄は言う。確かに、肌が痛々しくぬるついていた。まるで溶けかかったみたいに。

「それと今ひとつ」

宗栄はちらりと後ろに目をやった。

「この子はかなり難儀なものを身に着けていたようですね。あの盥の中身ですが…」

「焼き捨てた方がよろしうございますか」

「いや、まだ調べたいことが」

「わかりました。では、私は何も見ておりません。溜家では誰も、何も存じません」

ともかくも、香山の子どもを匿《かくま》う。そう決めた。朱音の心に迷いはなかった。

宗栄の口元が緩んだ「かたじけない」。

朱音は障子を開けた。その時初めて、部屋に臭気が澱《よど》んでいたことに気付いた。

生薬に詳しい父から、おせんが薬を預かって戻って来た。宗栄が洗い清めて温めた身体に薬を塗り、浴衣を着せた。子どもはぐったりと目を閉じたままだ。でも、もううっすら血の気がさしている。朱音は子どもの髪をそっと整えた。

——ごめんなさい。

手当てが済むと、朱音と宗栄は怪我人が身に着けていたものを調べることにした。

粗末な小袖と麻紐の帯、秤のしるしの手ぬぐい。いずれも生臭い。湯に浸けた子どもの身体からも同じ臭いがしたという。

寝間着らしきその小袖を広げると、背中の傷の通りに太い錐《きり》で突いたような穴が認められた。宗栄はきっぱり言った。

「ともあれこれは人の仕業ではないな。朱音殿、気に病むのはおよしなさい」

朱音ははっとした。悟られていた。

「この子が倒れていた辺りを調べてきます。時々口を水で湿してやってください」

と言い残して、宗栄は出て行った。

朱音は、眠る子どもを見つめた。

固い手のひらにはたこがある。山里の、どんな家族のどんな仕事を、この小さな手は担ってきたのだろう。香山のこの子の住む場所で、一体何があったのだろう。

本当に、兄様のせいではないだろうか。

朱音が兄の別の顔を知ることとなったのは、城下を離れてからである。
溜家に落ち着いて間もない頃、小用で砦の番士が名賀村を訪れたことがあった。番士たちはやはり年若く、慇懃《いんぎん》、謙譲であった。しかし、その眼に宿る底光りに、なぜだか朱音は寒気を覚えた。
以来、朱音は出会う者に折あらば問いを投げ、声を聞き集め、胸に納めてきた。

永津野にできるだけ早く養蚕を根付かせるために、曽谷弾正は強引な手を打った。幾つかの村や山里を勝手に選んで、田畑をつぶさせ、桑畑にし、養蚕を命じたのだ。永津野はもともと年貢の取り立てが厳しく、領民は圧政には慣れている。

しかし、岩がちのやせた土と冷夏にも負けずにこの土地で育つ米への愛着を、捨てきれない領民は少なくはなかった。人は桑を食っては生きられない。絹で得られる金は、城下を潤すだけではないか。そうした反抗を、弾正は力ずくで押さえ込んだ。庄屋であろうと家や田畑を取り上げ、獄に繋ぎ、水牢に放り込んだ。

逆に新しい産業に光明を見いだす者も現れた。つましく米作りにすがって飢え細るより新しい施策に賭けてみよう。名賀村の庄屋、茂左右衛門もその一人であった。

弾正がしばしば行う領内の巡視は、逆らう者への威嚇行為でもある。

名賀村の隣、赤石《あかいし》村では田を守ろうとした村長と男衆の大半が拘引された。残った女子供と老人では、慣れない養蚕で村を守りきれず、逃散が起こり、廃村となった。

弾正に逆らう村で、逃散は起こり始めた。

しかし、藩の規律を守るために、逃散を放置するわけにはいかない。

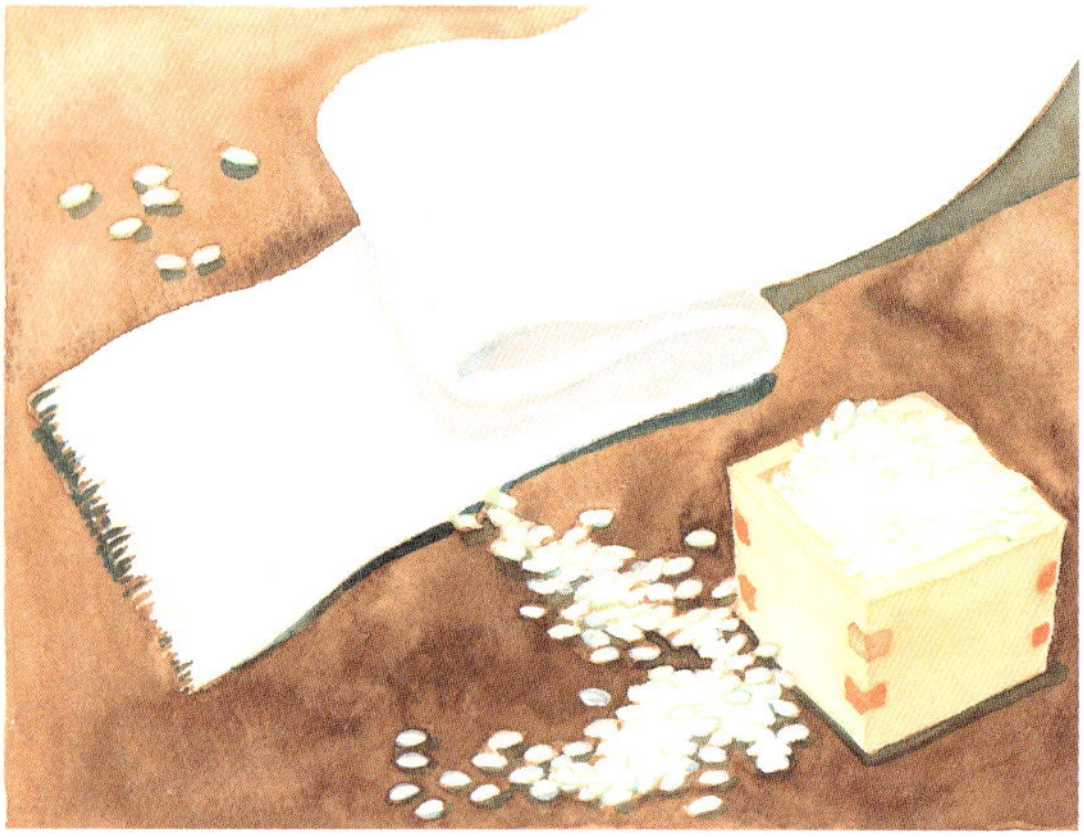

弾正は国境に「不届きな逃散者」を狩る部隊を設けた。疑いもせず、和らぎもしないあの眼差しを持つ彼らは「曽谷弾正の牛頭馬頭」と呼ばれる。
――兄様は、人を押し流している。
どれほど正しいことであれ、それに反対する者を潰し、押し流すことは正しいことではない。朱音は慈行和尚からそう習った。兄は、明らかに道を踏み外している。

近年では、牛頭馬頭は隣藩の香山領にまで踏み込んで、逃げた領民を狩っている。その際、逃散者を匿ったという名目で香山の領民まで連れ帰ることもあるという。

それは「人狩り」である。

朱音には何もできなかった。知らない方がよかったと、何度思ったか知れない。だが、今は違う。逃げた理由が何であれ、この香山の子の命は助けるべきなのだ。

小さな呻《うめ》き声がした。

朱音は息を詰めて、子どもに顔を近づけた。顔をしかめ、息が荒く乱れている。

「大丈夫。何も怖いことはありません」

朱音はそっと呼びかけてみた。

「私がついていますよ」

子どもは、げほ、げほっと咳き込んだ。

そして朱音が抱き起こすと、突然叫んだ。

「じっちゃ！」

子どもはぱっちりと目を瞠《みは》った。

「安心なさい。あなたは助かったのよ」

朱音の声に、ようやくこちらを見る。

「私は朱音。この家に住んでいるのよ」

朱音が見回すと、つられて目を動かす。

「あなた、名前は何と言うの？」

血の混じった涎《よだれ》の垂れた口が小さく動いている。朱音は耳を寄せた。

「…みのきち」


「あなた、蓑吉というのね。お祖父《じい》様と一緒にいたの？」

蓑吉は首を横に振った。その目がみるみる翳《かげ》り、身体が震え出す。

「…じっちゃ。じっちゃ！　お山が」

朱音は驚いて抱き寄せた。蓑吉は叫んだ。

「お山が、がんずいてる！」

そして、すとんとまた眠りに落ちた。

そこへおせんが薬を持って戻ってきた。

「宗栄様が怪我をされたと嘘をついて膏薬を貰ったのに」

　おせんは、宗栄が外出したと聞いて渋い顔をし、蓑吉が目覚めたと聞いて安堵した。

「怪我がよくなったら、この子お、小平良様を越えて西へ逃がしてやりましょう」

　人狩りはおっかねえです、おせんは何度も呟いた。抗うことはできずとも、加担はしたくない。朱音にはそう聞き取れた。

「がんずく、ってどういう意味かしら」朱音が聞くと、おせんは使わないという。気の弱い加介も、蓑吉が目覚めたと聞いてさらに怖じけながら、知らないと言った。そこへ宗栄が戻ってきた。手ぶらだ。「がんずいとる、ねえ」やはり首をかしげる。じいは目をしばたたいた。「がんずく、ちゅうのは良くねえ言葉だ。うんと腹サ減らして渇えてる、ちゅうか」

　上杉様の時代、永津野でとある山城を兵糧攻めにした時、がんずいぃ、という声が夜な夜な聞こえたという。飢えて怒り、恨みぬく、という意味の古い言葉らしかった。

「お山は、がんずいたりしねえです。香山ではどうだか知らねえが」

　じいは珍しく冷たく言った。朱音は眠る蓑吉の額に、もう一度手を当ててみた。

由良 四

そういえば今日は女中のお末の顔を見ていない。どうりで静かだ。
　そんなことを思いながら、直弥は寮の縁側を歩いていた。午後の陽気に、大部屋の患者たちも、見舞客も朗らかに見える。
　伊織先生の診療部屋は東側の一間である。手前の小座敷ではいつも、手伝いの者が薬草を刻んだり、薬研を使ったりしている。今は誰もいなかった。しんとしている。

「小日向直弥が参りました」

「どうぞお入りなさい」

　診療部屋にも珍しく助手がいない。

「内密の話があって来て貰いました」

　大野《おおの》伊織の声は沈んでいる。

「本来なら貴方にはとっくに退寮の許しを出しているところなのですが…、実は一昨日、三郎次《さぶろうじ》様がまた発熱されたのです」

「…お加減はいかがなのですか」

「以前の貴方と同じです。朝方になると熱が下がり、夕刻になると上がる。そして乾いた咳が出る。かんどりの症状です」

「かんどり」とは、神に呼吸を取られる、という意味だろうか。香山に多い、原因不明の肺の病である。直弥は納得できない。

「しかし先生、三郎次様と私の退寮にどう関わりがあるのでしょう」

「推察できませんか」

「できません」

嘘だった。察しはつく。

直弥は藩主のそばに仕える小姓であった。

かんどりの症状が現れたのは昨年の十月だ。直弥は伊織先生の診察を受け、すぐにこの岩田寮に入ることになった。

三郎次は、香山藩主・瓜生久則《うりゅうひさのり》と側室・由良《ゆら》の間の男子である。直弥が発病する二日前にやはりかんどりを発病していた。


ところが。

直弥が寮に移ると同時に、三郎次の症状が消えてなくなってしまった。あまりの偶然に、母親の由良は、小姓頭に言った。

——小日向が我が子に代わって病を引き受けてくれたのですね
伝え聞いた直弥は、神妙に答えたのだ。

——この小日向が、三郎次様の分の病も平らげて差し上げましょう。

かんどりは壮健な者にとっては命に関わる病ではない。また、一度かかると二度はかからない。三郎次様の病は軽く済み、あとは直弥が本復すればいいだけだった。

　直弥は寮に入るとすぐ、小姓役を解かれ、しかも御褒禄を戴く身となった。褒禄とは、功績者に褒美として下賜される給与である。二十歳の直弥には異例だが、三郎次様の病を引き受けた忠義に対する仕儀だという。

　由良殿は、本気だったのだ。
勝手な思い込みで独り合点し、褒めたり責めたり、与えたり取り上げたり。そういう女人なのだった。
　由良は家中の上士の平凡な娘であった。幕府の施策で、藩主・久則の正室と嫡子は江戸に留め置かれている。この香山の御館町では、側室におさまった由良が、藩主の寵愛を一心に吸い取り、振り回している。

　小日向家は代々馬廻《うままわり》番であった。直弥は幼いうちから児小姓として陣屋に召し出された。そして働きぶりが認められ、久則の小姓となった時、父は本当に喜んでいた。

――小日向家にもようやくお前のような出来物が現れた――。

　それなのに。

――三郎次に病を返して寄越して。小日向はどうしておる。ぬけぬけと本復したのか。

「三郎次様の治療には兄が全力を尽くしています。今度の病がかんどりかどうかも、兄はまだ診断は下しておりません」

伊織先生の兄・大野清策は、藩医である。

「今朝、お末が来た時、母君あてに事情をしたためた文を持たせて帰しました」

伊織先生は座り直した。

「万が一の時には、私が貴方と母君を逃がします」

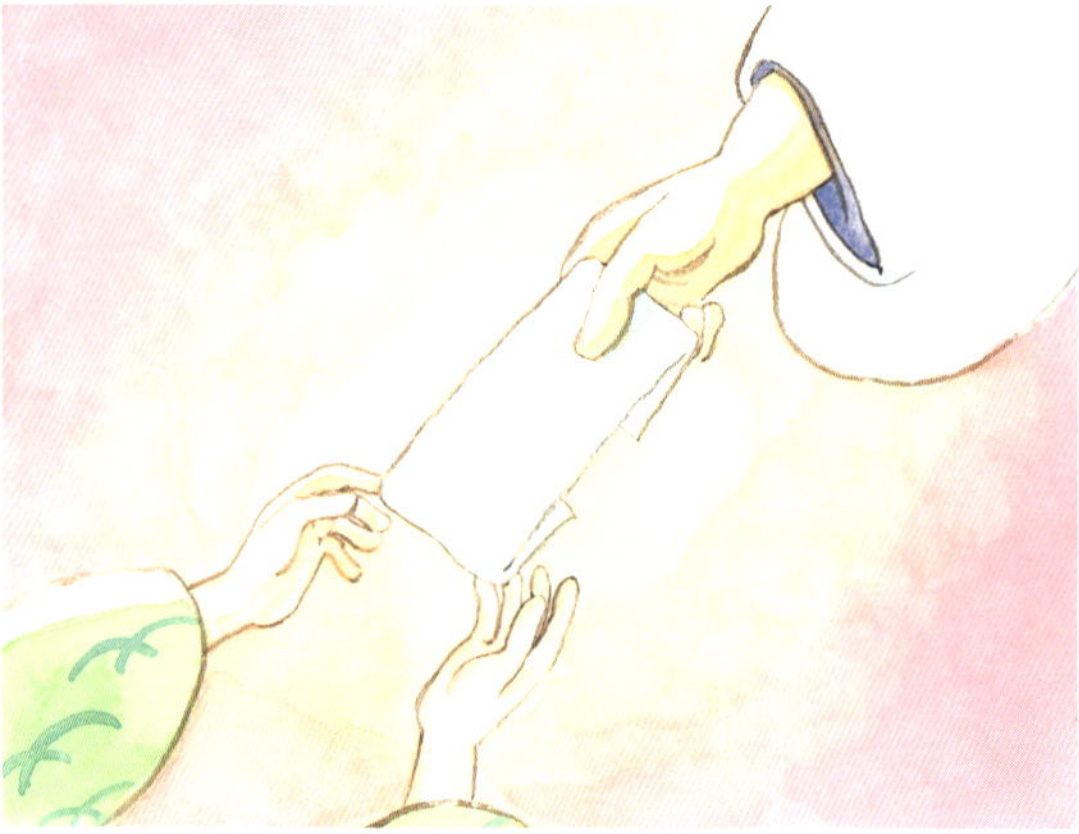

「小日向さん。主君の愛妾の気まぐれや言いがかりは、主命ではありません。くれぐれもそこをはき違えてはいけません」
直弥は一礼して診察室を出た。
直弥の部屋は、板戸を立てて個室にしてある。二十歳で御褒禄を戴く身は、心無い噂の的でもあった。本復したのに。すぐにでも退寮できるよう片付けていたのに。
——三郎次に病を返して寄越して。

「旦那様！」

気付くとお末が座っている。

「…お末か。母上はいかがなされている」

「大奥様はご立派な方です。お強い方です。旦那様こそ大丈夫でございますか。目を開けて、いびきもかかず、お昼寝なさって」

寝るのはもうたくさんだ。直弥は立った。

「光栄寺へ行こう。圓秀殿の文のお礼を、ご住職に申し上げないままだった」

介護人の半纏《はんてん》を借りて、手ぬぐいを被って、直弥は寮の裏庭から外へ出た。

「旦那様、まだあんな怪しげな絵師なんかと文をやりとりなさってるんですか」

「達之助にも渋い顔をされた」

「志野様はご立派な方でございますからね」

きびきびと江戸言葉のお末は、小柄のくせに喧《かしま》しい。くつわ虫のようだ。

「ご立派な方ばかりだな」

「ええ。奈津様もご立派で、お末は好きです。旦那様にはもったいないくらいです」

そうだ奈津…。早急に、きっぱりと破談にしないと。志野家も巻き込んでしまう。

「お末…奈津殿はもう、うちには来ない」

返事がない。お末はうつむいていた。

「志野様は、奈津様が旦那様と夫婦になられるのを楽しみになさってたのに…」

そして小さく言った。「…旦那様」


「御館様をご存じだって、本当ですか」

件の噂だ。小日向直弥と御館様——御館町に暮らす藩主の側室・由良殿はけしからぬ関係にある。お人好しの殿はそれも知らず、一緒になって小日向を贔屓している、と。

「根も葉もないでたらめだ」

直弥は笑って見せた。

「ともかくお末も三郎次様が本復されるのを祈ってくれ。ほら光栄寺が見えてきた」

しかし。

光栄寺の内でも騒動が起こっていた。

「まったく畏《おそ》れ多きこと」

住職・円也《えんや》和尚の声音も重苦しい。

直弥と円也和尚は、光栄寺本堂の西の六角堂の中にいた。その中央には、小さな薬師如来像がある。瓜生家の菩提寺、浄土宗蓬栄《ほうえい》山光信《こうしん》寺から、分寺であるこの光栄寺に、五年前に動座されたものである。

その六角堂が、荒らされている。

檀家衆が奉納した絵馬、供物、そして木っ端が散らばっている。床に壁に台座に、そして薬師如来の胸元にはねかかっている赤黒いものは、血のようだ。

藩の寺社奉行所には、まだ知らせていないと和尚は言う。

「寺の者は誰も怪我はしておりません。しかし…、伊吉《いきち》が何か知っているらしいのです」

伊吉はここの寺男だ。人交じりが下手で、ぼんやりだが、いつ見かけてもまめまめしく働いている。

その伊吉は、朝から泣いて詫びるばかりで要領を得ない。あれが役人衆の厳しい仕置きを受ける羽目になってはと思うと哀れで…、それで和尚は内密にしているのだ。

「後で会ってやって下さいますか。伊吉は日頃から小日向様になついておりますから、何か話すかも知れません」

　確かにその働きぶりに感心して、直弥は会えば伊吉に声をかけていた。だがそれは、絵師の圓秀に会いにこの寺にしきりに足を運ぶようになってからのことだ。

「ご住職、実は私の方こそ密かにおすがりしたくて参ったのですが、それは後ほど」

　直弥は半纏を住職に預けて、検分した。薬師如来像の前で、少なくとも二人の人物がもみ合ったことがわかる。
　しかし、台座は背後の最下段の部分がひどく壊されている。鉈《なた》のようなもので叩き割られ、引き剥がされたようだ。
「ご住職、ここに何かしまってあったようですね？」
「…しまっていたのではありません」

　住職はふらふらと台座に寄って、呟いた。

「あれは…封じられていたのだ」

　台座ごとそれは光信寺から預けられたという。御仏の御力《みりき》によって封じたということは、何らかの悪しきものなのか。

「いったい、どんなものなのですか」

「奉納絵馬だと聞いております。ただ晒《さらし》に包まれ、荒縄で縛られ、呪符が貼り付けてありました。相当古いもののようでした」

香山の絵馬は独特のものだ。

神社ではなく仏寺に、彼岸の時期に奉納する。そしてその絵柄は、身の回りのもの、嗜好品、玩具などである。

なぜなら、この絵馬に描かれるものは死者への贈り物だからである。彼岸明けに死者があの世へ帰る時、土産として持たせるという意味が込められているのだ。不吉な絵柄など考えるべくもない。

外には血の跡はない。盗み出した者は、傷を縛り血を拭って逃げたのだろうか。その不気味な来歴の絵馬は、光信寺に隠されていたということは、瓜生様の……。
「伊吉は今はどこに？」
「薪小屋《たきぎ》に閉じこもっております」
伊吉は今朝、厠《かわや》の梁に縄を掛け、首をくくろうとしていた。その騒ぎの中、小僧がこの六角堂の惨状を見つけたのだという。

薪小屋の前には、円也和尚の弟子の白円と、お末がしゃがんでいる。お末は直弥に気付くと、ぱっと立ち上がった。

「あんたのような大男が赤ん坊みたいに泣かないのって、あたしさんざん叱っておきました」

「そうか。次は私が伊吉と話してみる。お前は白円殿とご住職のもとへ伺って、私の身の上をお話ししておいてくれないか」

「伊吉よ、脅かさないでくれ。お前が死んだら私もうちの者も悲しいよ」

呼びかけると、心張り棒をはずして伊吉が泣きはらした顔を覗かせた。

薪小屋にはすのこも敷かれ、整頓されている。ふだんの伊吉の細やかな気遣いがここにもちゃんと見てとれる。

薪小屋に入って、直弥は戸を閉めた。

「お、おだのせいでがんす」

「戸締まりや見張りを怠ったというのかい」

伊吉は首を左右に振る。

「ご住職からさっき伺ったのだが、六角堂の御仏の足元には、何やら大事なものが納められていたそうだね」

伊吉はぶるりと震えた。

「内密にしておかねばならないなら、私は誰にも、ご住職にも言わない。教えてくれ」

「…あれは、けがれてる、んだあ」


穢《けが》れ。祟り。

「六爺が死ぬ前に言ったんでえ。あれはおっかねえもんだから、けっして目を離すでねえって。誰にも言っちゃなんねって」

六爺、六造は先代の寺男だ。身寄りのない伊吉をここまで育て、一昨年死んだ。

六造は、薬師如来と封じられた絵馬のことを、知っていたのだ。住職も、光信寺も知らなかったことを。

「伊吉は見たことがあるのかい」

伊吉は縮み上がって首を振る。

「六爺は見たのだろうか」

「見たらあげに長生きできんで小日向様」

見たら命が縮むんだ、と伊吉は言う。

「…だからおだ、いけませんて言ったで。何度も何度も。圓秀様、おやめくだせ、命い取られてしまいますって…」

直弥は一瞬耳を疑った。圓秀様？

「圓秀様は何でか絵馬のことお知っとって」
他国の絵師の、菊地圓秀殿が？
「見たいって、おだに言うです。どうしても見たいから手伝ってくれえと。だども…。だからあん人が寺を出てって、おだ…」
　伊吉はどれほどかほっとしたのだという。直弥は呆然とした。直弥の知る菊地圓秀は、確かに絵のことととなると分別がなかった。あの人は、何をしに香山に来ていたのだ？

「小日向様、圓秀様はどこさ隠れてんだ。まだこの町さいるだね。お堂を荒らしたんはあん人に決まってるだあ！」

　達之助にもお末にも、圓秀との文のやりとりをたしなめられた。それなのに。自分は、あの方は身元の確かな方だ、文の内容も絵のことばかりだと笑っていたのだ。

「圓秀殿は相模にとっくに帰られた。だから伊吉、お前の咎《とが》ではないよ。安心しろ」

伊吉はなんとか落ち着いた。だが直弥の足取りはおぼつかない。胸には不信と、己の軽率さへの深い後悔が渦巻いている。

　本堂に戻ると、お末と円也和尚が話し込んでいた。直弥を見ると和尚は言った。

「話は伺いました。悠長なことを言わず、このまま当寺に留まられるがよい。我々が貴方を匿いましょう」

「いいえ。これは私の負う試練なのです」

「わかりました。志野家の奈津様のことは拙僧がいかようにも取り計らいましょう」
　かたじけない。直弥は深く一礼した。
「伊吉は、六角堂が荒らされたのは自分が見張りを怠ったせいだと気に病んでいたようです。それはお前の考え違いだと言い聞かせましたら、納得したようです」
　背中を冷や汗が伝う。重なる難儀のためか、住職はあっさり嘘を受け入れてくれた。

内密のまま、光栄寺の六角堂は修繕にかかることになった。光信寺に知らせたとしても、今は三郎次様のための加持祈祷《かじきとう》でそれどころではないはずだ。

「何かありましたら、馳せ参じます」

　言い置いて、直弥は光栄寺を後にした。

「安請け合いをなさって。あたしはもう旦那様なんて知りませんからね」

　叱りながら、お末は目元を拭っている。

「どうしてこんなによくないことが次々起こるんでしょう。…ねえ、旦那様」

足を止め、お末は直弥の顔を仰いだ。

「志野さまはご無事でしょうか」

虚を突かれ、直弥は固まった。

「今度のはただのお山番じゃなくて、大変なことが起きて、急いで北二条へ行かれたのでしょう？　町で噂になってます。村が一つ消えたとか、永津野と戦が始まるとか」

「戦なんか起こらないさ。さあもうお帰り」
分かれ道でお末を追い立てて、直弥は寮に向かう。直弥には直弥の動揺がある。
圓秀殿が、永津野の手の者だったとしたら。身元を騙ることも、文の宛先を偽ることも、間者なら朝飯前なのだろう。
不吉な奉納絵馬が持ち出されたことと、仁谷村から永津野への不可解な逃散。いや順序は逆だ。安易に結び付けてはいけない。

寮に帰り着くと、看護人が飛んできた。

「小日向様、どこにおいでだったんです？　柏原様のお使いがいらして、それは面倒なことだったのですよ」

「手間をかけさせて済まなかった」

柏原信右衛門《しんえもん》様は、香山藩の置家老《おきがろう》である。主君の身辺や奥に仕える、直弥のような藩士を束ね、監督する係でもある。

その人が、検分の使いを寄越したのだ。

陽もとっぷりと暮れきって、大野伊織は直弥の部屋にやってきた。

「先生、三郎次様のご容体は」

「いけません。重篤です。由良殿は、取り乱しておられます。この苦しみはいったい誰のせいだと泣き叫んで、お静まりになられぬご様子だそうです。貴方も病がぶり返しているなどという言い訳では、もはやしのぎきれないでしょう」

「殿は由良殿のお言葉など、真に受けてはいません。ただ、貴方に御褒禄まで許されたのは甘すぎた、と悔やんでおいでです。病は誰のせいでもない。他人に付けたり、他人の分を引き受けたりできないものだ。あの時なぜ、すぐさまその考えを矯《た》めてやらなかったのかと」

　我が子の死に直面しながら、殿は一介の小姓の身をも案じて下さっているのだ。

――この小日向が、三郎次様の分の病も平らげて差し上げましょう――

　あの時、直弥も確かに得意になったのだ。重用されて、いい気になったのだ。

「さあ着替えて。これから「逐電《ちくてん》」です」

「逐電？」

「身を隠すのですよ。柏原殿と相談して、手はずは付いています。貴方は志野兵庫之《ひょうごの》助《すけ》殿の家に匿われることになります」

奈津　五

「お前の親父殿がご存命だったなら。左様なけじめを欠く加禄など、固く辞退申し上げさせたことだろう。さすればかようなややこしい羽目にはならなんだ」
　番方支配徒組総頭・志野兵庫之助は、達之助の父である。直弥と兵庫之助は、志野家の離れで向き合っていた。
　夜更けだというのに兵庫之助は裃《かみしも》を着け、髷《まげ》を整えている。

三郎次様がみまかれば、徒組は重臣たちの警護にあたる。その備えのためである。

「まあお前も病み上がりなのだし、殿と柏原様が事を収めて下さるまでここでおとなしくしておるのだ。ふらふら光栄寺へ浮かれ出るような真似もここでは許さんぞ」

「なぜそれを」

　あ、円也和尚から奈津に話がいったのか。

「…直弥よ。光栄寺で何があったのだ」

「奈津が、鼠が出たとかで六角堂の参拝を断られたそうだ。本当はどんな事情だ」

直弥は迷った。円也和尚にも伊吉にも、事は伏せておくと約束した。だが、賊と盗まれた奉納絵馬を捜し出すために、番士の力はいずれ必要になる。番士の総領、兵庫之助には、やはり打ち明けた方がいい。

兵庫之助は直弥の話に眉を寄せた。

「呪符が貼ってあったというのか」

「瓜生家の始祖は呪術に長けていた、と聞いた事がある。もとは光信寺にあった仏像に隠されていたのだから、その怪しげな封印物は御家に関わるものだろうな」

「あの絵師も気がかりです。やはり永津野の者でしょうか」

「いや、遠く離れた相模の絵師を騙るというのは唐突に過ぎる、……むしろ公儀の手の者かも知れぬ」「ご公儀が、何のために?」「さあ、封印物の正体も由来もわからん以上、計りようもないな。ともかく、わしの手元で慎重に探らせてみよう。それが熊が子守をするような笑い話であったとしてもな」

その言い回しは、達之助を思い出させた。直弥は、その父に一歩にじり寄った。

「志野様、仁谷村の逃散について、達之助たちから知らせはあったのでしょうか」

「村が焼かれて村人が消えていることは、幾日か前、戻った伝書鳩でわかった。それきりだ。本庄村からの音信もない」

「番士を増援すべきではありませんか」

兵庫之助は厳しく言い放った。

「今のお前は小日向家のことを案じていればよい。これはお前の心配ではない。殿を愛妾のわがままに負けて家臣を処断するような暗君にしたくない、という忠義からだ」

「お前は希江《きえ》殿のためにも、捨て鉢になるな。己の命を惜しめ。それが孝だ」

兵庫之助は直弥の母にふれた。姿勢を正して、直弥は平伏した。そこには、梨の礫《つぶて》の息子への、父の不安が重ねられている。

「どうぞ母を、お願い致します」

そして顔を上げると、直弥はまっすぐ兵庫之助を見つめて言った。

「私を、本庄村へ遣って下さい」


「私はすでに逐電者です。ここに籠っている必要もないし、山に逃れたとて、何の差し支えがありましょう。北二条で起こっていることを、この目で確かめて参ります」

兵庫之助は黙っている。やがて一瞥《いちべつ》して言った。「一人で行くことは許さぬ」

「奈津！」

すぐに「はい」と唐紙《からかみ》が開いた。

「やじを小日向の供に付ける。支度を頼む」

「ご快癒、おめでとうございます」

　奈津の声が震えている。直弥は頷いた。

　やじというのは、先ほど岩田寮まで直弥を迎えに来てくれた志野家の下男だった。無口ながら人目に付かぬ場所を巧みに縫い、夜道をするすると案内する様子に、この若者はただの下男ではなく、志野家の「百足《むかで》」だな、と直弥は思っていた。香山藩では隠密働きの者を「百足」と呼ぶ。日陰の者だ。

「やじは、北二条のさらに山奥の、妙高寺に拾われて育ったのだそうです」

　奈津の目は親しみを込めてやじを見る。

「よく気が付きますし、手先も器用です。山にも詳しいし、お天気もあててくれます。剣術も父と兄が教えました。…ただ」

　奈津は目を伏せた。やじは終始無表情だ。

「やじはご挨拶も、お返事もほとんどできません。その失礼はお許し下さい」


「そんなことは私は気にしません」

　確かに言葉はなかったが、簡単な身振りで用は足りていた。今も無表情だ。

　しかし、奈津はまだ言いよどんでいる。

「兄が北二条に検視に入る前、やじはついて行きたいとせがんだのです。必死で、足にすがって。あんなことは初めてでした」

　勝手に家の者を連れて行けない。達之助は珍しくやじを叱って出ねばならなかった。

「直弥様、わたしは、北二条に何か危ないことがあるのを、やじは前から察知していたように思うのです」

直弥は奈津の不安を和らげようと微笑んだ。しかし奈津はかえって真顔になった。

「やじなら、できます。やじは山神様のご加護を受けた者なのですから」

やじが捨てられていたのは、山作りが進む前の北二条だったという。晩秋のことだ。

飢えもせず凍えもせず、獣に襲われることもなく、赤子は夜の森で生き延びたのだ。それは山神様のお計らいだ。今こそ、そのやじの力を借りよう。そうすればきっと大丈夫。直弥様も兄も、無事に帰ってくる…。目を潤ませる奈津に、直弥は頷《うなず》いた。
「奈津殿、私は必ずやじに従います。務めを果たし、達之助と共に戻って参ります」
言い切った時、やじが初めて直弥を見た。

夜のうちに御館町を出て、北二条へ登る山道に入り、最初の馬留で朝を待つ。そこから先は日が昇ってからだ。馬留は山道のところどころに設けられた共用の小屋である。草鞋や薬、水瓶が備えてある。菊地圓秀がいたくこれに感心し、いくつも描いていたことを、直弥は苦く思い出す。

まだ一里かそこらなのに足裏が痛い。すっかりなまっている。

やじが直弥を見てはしきりに手をぶらぶら振る。腰や首を動かす。真似て身体を動かすうちに、直弥の身体もほぐれてきた。

　夜が明けて、二人は歩きだす。息を切らす直弥に、やじは振り向くと、鼻を広げて息を吸い、自分の足を指す。

「お前の息のとおりに呼吸して、足跡の上を踏んで歩けというのだな」

　なるほど、次第に楽になってきた。

　やじの山歩きは、山に逆らわない。道を外れてわざわざ藪の方へ進んでいくようでも、すんなり通れたりする。山道も半ばで登っただろうか。麓《ふもと》から太鼓の音が鳴り響き始めた。直弥ははっとして立ち止まった。御館町の、火の見櫓《やぐら》の半鐘が陽光に光っている。やじも直弥を見て立ち止まる。
　総登城の触れ太鼓だ。
「三郎次様が亡くなったのだ」

長子なのに「三郎次」と名付けたのは、その方が丈夫に育つという験を担いだからだった。それなのに。直弥は合掌した。母に、伊織先生にお咎めはないだろうか。

　その時。やじがだしぬけに直弥の肩と頭を押さえ込んだ。二人は地面に伏せた。

　一陣の風が、唸りと共に山の上から吹き下ろす。むかつくような臭気と温気《うんき》をはらんでいた。

圓秀　六

あれから三日。蓑吉は床から起き上がり、歩き回れるようになった。

自分の名前。小平良山の山すその仁谷という村で、鉄砲撃ちの源じいと二人で暮らしていたこと。それは思い出せた。だが、裏山で宗栄に見つけられる以前、その村で何があったのかは思い出せない。

「どうやら、お前の心がお前を守るために、思い出せないようにしているようだな」

宗栄は言う。人の心は大きな容れ物のようで、内側には細かな仕切りがある。仕切りごとに蓋《ふた》を開け閉めすることもできる。蓑吉の心は、仁谷村の出来事については今はまだ蓋をしておこうと決めたのだ、と。

朱音と蓑吉は、顔を見合わせる。

「宗栄様、まあたおいらをからかってんな」

確かに宗栄は蓑吉が「ここどこ？　あんたたちは誰？」と問うたび煙に巻いてきた。

「天竺《てんじく》じゃ。私は偉大な仙術使いじゃ。こちらは天女様。ちびと若造は私の使い魔。その老人は五百歳の亀の化身なのじゃ！」

この子に、ここが香山ではなく永津野領であると知らせるのは、まだ酷だ。そう思ってきた。だが今日は違った。宗栄はとぼけた口調のまま、言った。

「ここはお前がたぶん、天竺よりも遠いと思っていた場所。永津野領の名賀村じゃ」

蓑吉は宗栄と朱音を見た。そして聞いた。「じゃおいらは捕まってるの？」

「げ、元気になったらこっそり香山に帰してあげます。安心して居ていいのよ」

不意を突かれ、朱音はあわてて言った。やがて心の蓋が開いたら、帰していいか判断できる。それまではここにいるのだよ。

このごろの朱音は、機屋《はたや》で一日働いている。永津野独特の絹織物ができないものかと、女たちで工夫を重ねているのだ。
この機屋は、庄屋・長橋家の古家を改造したものだ。手狭になってきたので、新家を建てている。もとは厩《うまや》だった板の間では、いつも見習いの娘たちが糸繰りや道具の手入れをしている。今日は、見慣れない男が一人混じって、筆を取っている。

誰かしら。にこにこ楽しそうだけど、城下から来る問屋の人かしら。宗栄様と同じ、三十歳くらいかしら。女の一人が言った。

「絵師の人でございますよ」

長橋家に逗留《とうりゅう》しているという。絵師はようやく朱音に気づいて筆を置いた。

「ご挨拶が遅れました。小台様」

絵師は菊地圓秀と名乗った。菊地家は、相模藩御抱絵師の家柄だという。

「陸奥の各地を旅して、行く先々で目に触れる景色や珍しい物事を描いております」

それが修行なのだという。

「こちらの皆さんのお顔は、珍しい。輝いている。ここで働くことが嬉しくて、日々、やり甲斐がおありなのでしょうね」

確かに幸せだ。曽谷弾正に従順でいる限りは。朱音の屈託も知らず、圓秀は微笑む。

「養蚕は小台様の兄君のご発案なのですね」

「他国者ゆえ目の付け所が違っただけです」

　話を逸らしたくて、朱音は圓秀の手元を覗き込んだ。矢立ての筆の簡素な線だが、活き活きと機屋の空気が写し取られている。

　朱音は、ふくふく顔の絵師を見直した。

「お仕事のお邪魔にならぬよう気をつけますので、小台様も描かせていただけますか」

　朱音が機を織っていると、茂左右衛門がやってきた。熱心に描く圓秀に呆れ顔だ。

「どこへ消えたかと思えばこちらでしたか」

　お八つ時になり、三人は茶菓を囲んだ。

「圓秀様、長宝寺が承知してくれました。お蔵の絵馬はいつでもご覧になれますよ」

　首をかしげる朱音に、茂左右衛門は言う。

「この地には昔、このぐらいの大きな奉納絵馬というものがありましてな」

　彼岸の死者が暮らしに困らぬよう身の回りの品々を描いて、寺に納めたのだという。


「今は廃れてしまったのですね」

「…ご禁令が出たのですよ。あんまり盛んになりまして、お武家様が内職で描かれるようになって、お城のお怒りを買ったのでございますな。二十年ほど前ですか」

　この禁令で、奉納された絵馬もほとんど焼き捨てられ、古寺にわずかに残るばかりだという。朱音にもようやく分かった。

「圓秀様はそれをご覧になりたいのですね」

茂左右衛門との話からも、圓秀は陸奥のあちこちを見て歩いているのがうかがえる。

「圓秀様は、永津野に入る前はどちらに」

「半月ほど前まで仙台に。その前は遠野に。永津野では、ぜひ大平良山を描きたいと思っております。山神様がおわすそうですね」

茂左右衛門がやんわり水を差した。

「お止め山ですが。登ることはできません」

「ええ…でも。何とかなりませんかなあ…」

「香山藩には掛け合ってみられましたか？」

朱音はするりと訊いてみた。

「お、小台様、何をおっしゃいます！」

茂左右衛門が飛び上がった。

「あちらでもきっとお止め山ですがあ！」

「そうですか。香山に寄る時もお山のことで叱られないようにしないといけませんね」

圓秀はのほほんと言う。まだ香山には行っていないのね。朱音は少しがっかりした。


「お帰りなさい、小台様」

おせんとじいと蓑吉が、口々に迎える。

「蓑吉は今日はよおく手伝ってくれたです」

「裏庭を掃いて、豆をむいて、粟を搗《つ》いて」

「たけのこを探しに行った」

たけのこ？　山牛《やまご》蒡《ぼう》ではないかしら。いやそれより、蓑吉の首の動きが変だ。触ると固く凝っている。そこへ宗栄が現れた。

「何だ。こっちへおいで。治してやろう」

足も拭わぬまま、宗栄は東の間へ蓑吉を連れてゆく。朱音もついて行ってみた。

「お前は洞に頭を突っ込んで一夜を過ごしたようだからな。首が凝るのも当たり前だ」

「でも、今までは何ともなかったのに」「ほかにもっと痛いところがあるうちは感じなかったのだ。人の身体は妙なもので、一度に幾つもの場所が痛むことはないのだ…どれ足を曲げてごらん…。あたっ！」宗栄は、蓑吉の右足の付け根を、親指でぐいぐい揉む。次に右の尻の下を、掌でとんとん叩く。ぐいぐい。とんとん。そして左腕をとってねじり上げて数える。一、二、三。これも何度か繰り返す。

「蓑吉、起きて首と腕を回してごらん」蓑吉はおそるおそる首を回す。腕も回す。

「あっ…。痛くねえや！」ぶん回す拳が今度は宗栄の鼻にあたる。

蓑吉は加介を手伝いに裏庭へ行った。

「今のは［活法《かっぽう》］です。戦場の侍たちが、疲れて痛む身体を整えるために、互いに工夫してかけ合った技なのです」

おせんが持ってきた雑巾で、宗栄は今さらながら泥足を拭い、朱音に話す。

「そういう技がもう珍しいものになってしまったのは、世が太平であるしるしですな」

「宗栄様は、番士のお家柄なのですね」

「どうでしたか。榊田家はもう絶えました。私は根無し草の浪人者です」

とはいえ、道中手形を戴くにも確たる身分が要ったはずだ。今はそれを問うにはいい折だ。朱音は思う。貴方は、何者ですか。

「まあ使者、遠くまで使いっ走りにきた者です。小台様としてならまだお尋ねもあるでしょうが、朱音殿としてなら、もう夕餉ですねと笑っていただけると助かります」

朱音は微笑んだ。この方にはかなわない。

その時。

裏庭から鋭い悲鳴が聞こえてきた。蓑吉の声だ。宗栄が窓から外へ躍り出た。

「どうした！」

朱音も勝手口を回って駆けつけた。

薪小屋のそばで、蓑吉が加介の懐に顔を突っ込んでしがみついている。

「お、小台様、蛇が出たでぇ」

見ると薪小屋の陰に、大きな青大将がいた。兎でも呑み込んだか、腹が大きく膨れている。蓑吉は何に驚いたか、今度は加介を突き飛ばして駆け出した。宗栄がその襟首を掴む。蓑吉は目を瞠り歯を食いしばり、両手で空をひっかいて逃げようとする。

「蓑吉、しっかりしろ！」

蓑吉の頬を、宗栄が手でぴしゃりと張った。蓑吉の目が、ようやく焦点を結ぶ。

「蓑吉、おまえはああいう大きな蛇に出くわして、怖い目に遭ったことがあるのか」

「蛇…じゃねえ。もっと、うんとでっかい」

「蛇に似ていて、どのくらい大きいのだ」

「番小屋よりでっかい」

「番小屋というのは？」

「うち。じっちゃのうち」

「この薪小屋くらいの小屋か」

「もっと大きいよ！」

蓑吉は急にむきになってまくし立てた。

「じっちゃは村の番人だもん！　番小屋は、じっちゃが村の若い衆に助けてもらって建てたんだ。おいらも、もうちっと大きくなれば、小屋を建てるくらい手伝えるって言ってたのに」

そこでふと黙り込んだ後、低く呟いた。

「…ありゃ、お山だ」

朱音も、息を詰めて見つめた。お山？


「…伍助さんが言ってた」

蓑吉の身体が震えている。涙が落ちた。

「かいぶつに…。村のみんな、あの怪物に喰われちまった！　伍助さんもじっちゃも戻ってこねえ！　村一番の鉄砲撃ちなのに！」

蓑吉は声をあげて泣き出した。

「おいらも山道で、あいつに呑まれたんだ」

両手で顔を覆い、身を揉んで泣き続けた。

朱音と宗栄は、呆然とするばかりだった。

七　秤屋

やじに導かれ、直弥が仁谷村へたどり着いたのは、午前のことだ。

死のような静寂。二人は、瓦礫や焼け跡を調べ、村人が何かと争ったような跡や血痕を見つけた。しかし、番士隊の笠ひとつ落ちていないのはどういうわけだ。

本庄村へ向かおうと山道に入ると、奇怪な塊に出くわした。何人分もの骸《むくろ》が溶けて合わさったものだった。ひどい腐臭がする。

隣の本庄村に着いてみると、こちらも無人だ。しかし破壊や火の跡はなく、やがてやじが大勢の足跡を見つけた。足跡を追い、峠を越え、また岩山にさしかかるあたりで「あっ、お山番様あ！」娘の声が弾けた。

庄屋の秤屋・出水金治郎《いずみきんじろう》の采配で、本庄村の人々はこの岩山の洞窟に隠れていたのだ。ほの暗い洞窟は、入り口は小さいが、奥で幾つも枝分かれしていて深い。

　この地域には昔、永津野藩を真似て、金を掘ろうとした時代があった。これはその名残の洞窟だ、と金治郎は言う。最初に仁谷村の惨状を伝えたのも、金治郎だった。

「山番様方は永津野の牛頭馬頭の仕業だと嘆いておいででしたがあ、私はどうも獣の仕業のように思うんです。しかし検視の隊長様はえらくお怒りになりましてなあ。いったいどんな獣が村一つ空にするのかと」

［何］に対し、今後どう手を打つべきか。山番と検視の番士の話し合いの最中、まさにその［解答］は現れた。番士の決死の守りにかかわらず、三十二人の村人は、十三人になった。直弥は耐えきれず、聞いた。
「検視の番士隊に、志野達之助という者がいたはずですが」
　金治郎の顔が歪む。聞かずとも分かった。
「志野様は…」

　そうか。村人を守って討ち死にしたのか。

「私が意見した時もぉ、志野様はかばって下さいました。隊長、山のことは山に住む者の方がよく知っているはずです。秤屋の言を無下に退けてはなりません、と」

　達之助らしいことだ。直弥は何度も頷いた。やじの無念が背中に伝わってくる。

「番士様のお一人は、大怪我を押して、御館町目指して下りていかれましたが」

八 朧《おぼろ》影《かげ》

「…にわかに信じがたい話ではあります」

その夜、宗栄と朱音は手あぶりをはさんで話し合った。朱音の胸には、不安がある。

「蓑吉はここが永津野領だと知っています。牛頭馬頭の人狩りに遭ったのに正直にそう訴えることができなくて、人を喰う怪物の話にすり替えているのではないでしょうか」

宗栄は小さく噴き出した。

「朱音殿、貴女の悪い癖です」

「よろしくない出来事をすぐ兄上と結び付けて、兄の咎は私の咎でございますという顔をなさる」

笑われて、朱音は気まずい。

「朱音殿。お忘れですか。蓑吉の背中に残っていた傷跡、あれは歯形だったのですよ」

そうだった。蓑吉も「呑まれた」と言っていた。でも、あの子は生きている。

「いったん呑まれ、吐き出されたのですよ」

宗栄は大まじめだ。

「蛇のなかには、獲物を呑み込んで満腹していても、もっと滋養のありそうな獲物を見つけると、腹の中のものを吐き出して、新しく喰い直す意地汚いやつもいます。蛇に似ているなら習性も似たようなものかと」

朱音はうつむいて炭をつついている。

「…これからどうすればいいのでしょう」

「本当に何が起きたのか、調べましょう」

「無論、香山側へいきなり踏み込むのは無理でしょう。しかし永津野の砦までなら」

「砦へだって、理由もなしには…」

すると宗栄が、突然座り直して一礼した。

「申し訳ありません！　お許しください」

朱音はきょとんとした、のち唖然とした。

「そ、宗栄様、砦へいらしたんですか」

「いや、裏山をいろいろ検分しているうちに、何となく砦へ近づいてしまいまして」


「二度目に裏山へ登った時は、二人組の番士に出くわしました。朱音殿、まあまあ落ち着いて…。二人は、あたりの匂いを嗅ぎながら、何か探しているふうでした」

蓑吉に付いた臭いを、我々も訝《いぶか》った。それと同じことなのか。だとすれば。

「砦でも、仁谷村の者との接触があったのではないかと思いました。その翌日、じいに抜け道を教わって、砦へ行きました」

抜け道は、人目に付きそうにない厩の裏側へと通じていた。宗栄は続ける。

「そこに明らかに急ごしらえの檻《おり》がありました。その檻の中に、男が二人閉じ込められていたのです。泥だらけで、ぐったりしていました。山里の者のようでした」

朱音の鼓動は不吉に速まった。見張りが厳しく近付けないまま、宗栄が三度目に行った時には、二人の姿は消えていたという。

宗栄は次に、砦の周辺の山を探ってみた。北側の斜面に、ぞんざいな塚ができていた。しかし。宗栄は顔をしかめる。
「二人分の骸にしては、大きすぎるのです」「ではほかにも人が」
「おそらくは。掘り返すにも道具と人手が要るので、この場はひとまず諦めました」
朱音は首をかしげる。国境の出来事は、些細なことでも曽谷弾正の耳に入るはずだ。

「その人たちがみんな仁谷村から逃げてきたのなら、砦からは兄に報せがいっているはずですが……」

「やはり困惑しているのでしょうな。『番小屋より図体の大きな、人を喰う怪物に追われて、命からがら逃げてきた……』こんな莫迦げた話を御筆頭様のお耳に入れられるものかと。少しは調べて確かめないと、番士たちも軽率には動けないのでしょう」

「それに。二人組の番士が探していたのは、他の逃亡者ばかりではないでしょうな」

宗栄は、あらためて朱音を見つめた。仁谷村は壊滅し、人が消えた。怪物は獲物を探して移動しているはずだ。

「仁谷村を襲った怪物が、砦の近くまで迫っているということですか」

すると、砦の次はここ、名賀村だ。

「砦の武士どもが倒してくれればいいが」

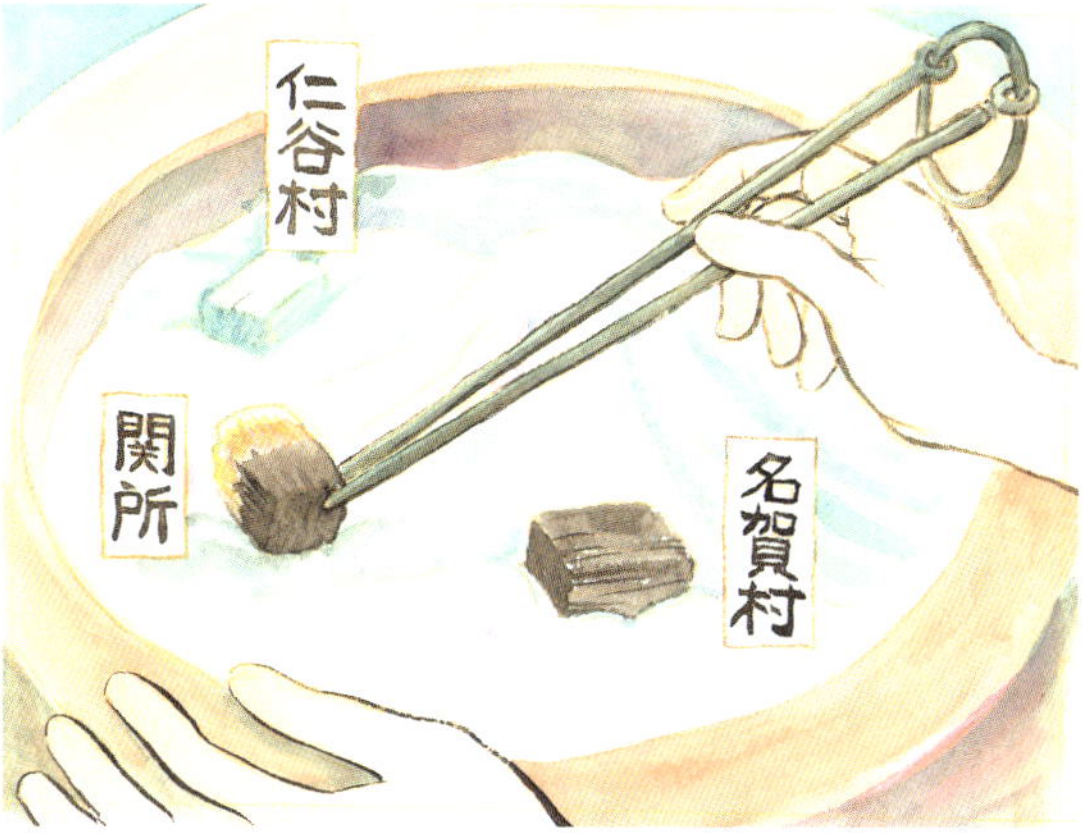

「黙って見ているのも歯がゆい。私は明日にでも、口実を見つけて砦を訪《おとな》います」

朱音はしばらくして、口を開いた。

「宗栄様は他国者です。だいたい貴方様には胡乱《うろん》なところがおありです。番士たちが、軽々に気を許すとは思えません」

手厳しい。宗栄はぼさぼさの頭を掻く。朱音は顔を上げて、にっこり笑いかけた。

「砦には、私が参ります」

九　やじ

この洞窟は今は安全のようだ。怪物の気配も消えたという。人の匂いに寄せられるなら、風上の砦の方へ向かうかも知れない。直弥は、秤屋の金治郎に言った。

「私は番士ではありませんが、番方支配徒組の総頭、志野兵庫之助様の命を受けております。急ぎ御館町に戻り事情を伝えます」「もう陽が落ちますよ。危のうございます」

出ようとすると、やじも直弥を押し戻す。どうも一人で行くと言いたいらしい。

「途中でおまえに何かあったらどうする。二人で行くんだ」

下山では、やじは行きと違う道を選んだ。近道というわけでもなさそうだ。

「やじ、道が違うぞ」思いがけず、やじが返事をした。「同じ道を使うと、覚えられる」

やじは怪物に心当たりがあるのだろうか。

案の定、山を降りる前に日は暮れた。御館町を見下ろして、直弥は立ちすくんだ。ただの町灯りではない。町全体を取り囲むように、かがり火が焚かれている。

その時、やじが藪に飛び込んだ、と思ったら、大柄の番士を引っ張り出してきた。

「や、高羽《たかば》甚五郎《じんごろう》殿ではありませんか」

負傷しながら山を下りたのは高羽殿だったか。達之助が慕っていた年長の番士だ。

傷には手当てがなされているが、高熱だ。

「小日向…小日向直弥か。よく聞け。今は誰も御館町に出入りすることはできんぞ」

水を飲ませると高羽甚五郎は正気づいた。

「かんどりではなかった。三郎次様は呪詛《じゅそ》されて亡くなったのだ」

つまり暗殺だ。直ちに下手人捜しが始まり、番士は全員駆り出され、御館町は厳重に封鎖されてしまったのだという。

甚五郎は、岩田寮に忍び込んで伊織先生の手当てを受け、事情を聞いたという。

そして、今の御館は北二条に助けを寄越す余裕もなさそうだ、と見切って、一人でも戦う決意で引き返してきたのだった。

「高羽殿、ならば今は寮に戻りましょう。その身体では、足手まといになるだけです」

「何を！　陣屋勤めのうらなりがあ…」

がなる甚五郎を担いで岩田寮へと向かう。

「人を食う怪物が北二条で暴れているというのは、本当なのですか…」

伊織先生は嘆息した。直弥も眉を寄せる。

「でも先生、三郎次様が呪詛されて亡くなったという話も私には同じくらい突飛です」

三郎次様の居室の床下から呪文を記した人形《ひとがた》が出てきた。二度のかんどりはこのせいか。騒ぐうち一人の奥女中が逃げ出し、捕らえられると舌を噛み切って死んだ。

「小日向さん、貴方もこの暗殺に関わっているのではないかと、番士たちの追跡が厳しくなっています」
言いがかりだ。母が無事だといいが…。
「安心なさい。ご母堂は、柏原様のお取りなしで光栄寺お預りとなっています。お末と、奈津殿も願い出られて、ご一緒です」
奈津…。その方がいい。親父殿は御館に詰めきり、やじもいない。そして兄も…。

「ともかく二人とも少しお休みなさい」

伊織先生と入れ替わりに、看護人が握り飯と白湯を運んできてくれた。

山に戻るか。助けはこない。なら村人を守らねば。しかし、二人で何ができる？

やがて、伊織先生は薬袋を持って現れた。

「おろの実の汁を湯に溶いて塗ると、火傷をしにくくなります。高羽殿から聞いた怪物の吐くものにも効くかも知れません」

「おろなら、本庄の森にいっぱい生ってる」

やじが答える。生薬の産地だけはある。

「小日向さん、私もできるだけ早く北二条へ参ります。洞窟が無事だといいですが」

「今は心配なさそうです。怪物が次に狙うのは、おそらく永津野の砦ではないかと」

伊織先生は、意外にも明るく言った。

「何と、そうか。永津野の牛頭馬頭なら怪物を返り討ちにしてくれるかも知れない」

「いっそここは永津野に助けを求めますか」

「先生、何をおっしゃいますか！」

直弥の身体じゅうの血が逆流した。人狩りをするような非道な連中に、助けを乞う？

「では、どうやって村人を救うのです？」

確かに手立てはない。しかし。

「仁谷村から逃げた村人も、永津野の砦で囚われているかも知れないのでしょう」

やじが立ち上がった。直弥は動けない。


「砦に行く。おれ一人でいい」

やじは直弥を見下ろして言い放った。

「お前様には、無理だ」

やじは比べているのだ。達之助様ならと。そうだ。達之助なら、香山藩士の矜持など後回しで、村人のために行動するはずだ。

闇にまぎれて寮を抜け出し、直弥とやじは国境へと向かった。やじの足取りに迷いはなく、直弥は必死でついていった。

十

蓑吉

永津野の武士たちが使う馬上笠には、夏物と冬物がある。年に二度、この笠の調達と交換――「笠の御用」のため、笠処と庄屋が砦の代官に目録を持参することになっている。今はちょうど春のその時期だ。

朱音が笠の御用に同行したいと願い出ると、庄屋の茂左右衛門は手放しで喜んだ。

「小台様が、御自ら砦をお訪ねになり皆様を労われるとは、何ともったいない」

「笠の御用は村の大切なしきたりです。私もかねて参加いたしたく思っておりました」

ところが、どう話を聞きつけたのか、あの絵師の菊地圓秀が、自分もぜひ砦を見たいと言い出した。茂左右衛門も渋っていたが、相模藩という後ろ盾があるこの絵師を、むげにはできないらしい。ならこれはむしろ好機だ。何でも見たがり描きたがる圓秀をだしに、砦の中を案内して貰えばいい。

宗栄との相談の翌々日には、朱音は砦へ赴くことになった。髪は、お召し物は。おせんは大忙しだ。結局、朱音は髪を島田に結い、綸子《りんず》の慶長小袖を着た。上州から一枚だけ持ってきた母の形見である。

そして、付いて来ようとするおせんをいつになく厳しく退けて、置いてきた。

一行は、一里余りの山道を砦へと向かう。うららかな春の朝だ。

「今年はあ、山燕の群れを見ませんねえ」

「ほかの鳥もこの春はあ、静かなようです」

道々、笠処と庄屋の家人が話している。

気づくと、菊地圓秀がすぐ脇を歩いていた。さっきまで桜に見とれて遅れていたのに。

「圓秀様は、山歩きに慣れておいでですね。私、絵師とは日がな一日お部屋に籠って呻吟されるもの、と思い込んでおりました」

「それは絵師の志すところによるのです」


「小台様、砦が見えて参りましたあ」

茂左右衛門が振り返って声をあげた。

永津野と香山の国境を守る砦は、黒々と新緑の森にうずくまっていた。

「外壁や床や屋根を焼板で張ってあるんでございます。火矢にも燃えませんでなあ」

「これは驚きました」

圓秀の浮き立つ声も、今は耳に障る。砦の物々しさに、朱音は今さら怖《おじ》けている。

一方その頃、溜家では。

　ふくれ面のおせんは器を洗って拭き、膳、鍋釜まで磨いている。加介が勝手口から覗いて、おせんを手伝っていた蓑吉に言った。

「「蛇よけ」を下げたで。もう大丈夫でえ」

「余計なこと言うがあ。わざわざ思い出させて」「はあ…そいつは悪かったあ」おせんに叱られ、加介はへどもど引き下がる。

「んなことねえよ。ありがとう」

蓑吉がはっきり口をきいたので、おせんと加介は揃って目を丸くした。

「いいんだよ、蓑吉」

「あんた、しっかり者だねえ。いい子だあ」

二人の笑顔に、蓑吉も心が温かくなる。

三人はまた、にぎやかに仕事にかかる。

永津野の人、鬼なんかじゃねえ。

　優しくて働き者であったかい。おいらの村の衆とおんなじだ。蓑吉は思う。


物心ついた頃から、小平良山の向こうとこっちは、地獄と極楽だと教わってきた。永津野に住んでいるのは、鬼か、亡者のような哀れな人ばかりだと。

　溜家は立派なお屋敷だ。暮らしも豊かだ。だからここだけが別なのかな。けど、時々風に乗って村の人の笑い声も聞こえてくる。

――地獄は、あの夜の仁谷村の方だった。

じっちゃ。

「ほら蓑吉、これが蛇よけのお守りだよう」

おせんの声に、蓑吉は我に返った。

「蛇は百足が苦手なんだあ。だから藁細工の百足は、蛇よけになるんだよ」

加介さんは器用者だあ。二人は藁の百足を眺めた。蓑吉があんなふうに取り乱したから、すぐお守りをこしらえてくれたのだ。

そこへ宗栄が現れた。加介がおろおろ付いて来る。たちまちおせんが一喝する。

「宗栄様！　お武家様が何て格好でえ」

「裏山で、筍を掘るのだ」

確か一昨日も、そう言って出かけた。でも今日の宗栄は、野良着に鍬《くわ》を背負っている。どういうわけか無精髭も剃っている。

蓑吉は、拳固を握って、宗栄を見上げた。

宗栄は蓑吉を見据えて、言った。

「私が掘ろうとしているのは怖い筍だ。お前ならよく知っているかもしれない筍だ」


――仁谷村の誰かを捜しに行くってことだ。

蓑吉には、分かった。

「宗栄様、おいらも連れて行ってくれろ。何もしねえより、宗栄様を手伝いてえ」

「だったらおらも参ります」

加介も言った。おせんは跳び上がった。

「すまんな、おせん。だが今なら朱音殿が砦へいらして番士の気を散らしてくださっている。好機なのだ。留守番を頼むぞ」

加介は手早く支度を整えてくれた。蓑吉の首に印のない手ぬぐいを巻くと、懐から藁の百足を取り出した。

「宗栄様、蛇よけでがんす」

三人は蛇よけを帯に挟んだ。そして顔に土を塗る。人目に付きにくくなるのだ。

おせんは今朝のふくれ面に戻っている。

「それでも、山で誰かにめっけられたらあ、蓑吉のこと、どう言い訳なさいますで」

「そうだなあ…。私のところへお使いに来た城下の小僧さんとでも。で、この子に土産を持たせようと、筍を掘りにゆくとでも」

「山牛蒡」

おせんがむすっと言う。筍にはまだ早い。

「蓑吉、番士様にめっかったらあ、あんただけでも逃げ帰ってくるんだよ」

三人は裏山への道を登り始めた。溜家の屋根の上から、じいが三人を見送っていた。

しばらく登ったところで、宗栄は、怪物と急ごしらえの塚のことを話した。

「けんど宗栄様。そげな怪物がいるってのになんでお刀を置いて来られたんでえ？」

「あ？　いやあっちは竹光だから」

「えええ」

「去年、酒田で路銀が尽きてな。刀を質に入れて、結局そのまま流してしまった」

「ええええええ」

どっちにしろ、あいつにゃ刀じゃかなわねえ。蓑吉は思う。また、蓑吉には歯がゆいほど、加介は落ち着いていた。

「おらの父っちゃは木樵《きこり》ですんでえ、いろんな獣の話を聞いてます。蛇みたいに見えたっちうても、その大きさはやっぱ熊でねえかなあ。ぬるぬるしてんのは、病か怪我で毛が抜けてるとか。んで、飢えて見境なくなって人にかかってきたんでねえのかな」

違う、違う、違う。宗栄様も加介さんも、見てねえからそんなことを言う。
――ありゃ、お山だ。
今は伍助さんの言いたかったことがわかる。あれはお山だ。怪物の化身だ。ではなぜ、おいらはそう思うのだ？　思い出そう。大きな影。でっかい口。あれは、あれは…。駄目だ。どうしても心の目が閉じてしまう。
「宗栄様、この近くでがんすかあ」

木が伐《き》ってあって、開けている。

三人は息をはずませて、大きな土盛りにたどり着いた。てっぺんに棒きれが立っている。埋めたばかりのように土は軟らかい。

「ともかく、掘ってみよう」

三人は砦の反対側に回ると、塚に隠れるようにして、掘り始めた。間もなく、宗栄の鍬に、布きれがまとい付いてきた。宗栄は蓑吉の視界を背で塞ぎ、掘り進める。

やがて宗栄の手が止まった。宗栄の手元を覗き込んだ加介は、息を飲んだ。蓑吉も脇から覗いた。宗栄は蓑吉の肩を抱いた。

女の腕だ。

五枚の爪のあいだに、土が入っている。働き者の女衆《おんなし》の手だ。肘のところで、引きちぎられたように見える。宗栄は言った。

「砦番の仕業ではなさそうだ」

「あの怪物の喰い残しだあ、宗栄様」

加介は黙って二人から離れ、塚の反対側を掘り始めた。時々手で目を拭っている。ほどなく、鍬の刃に髪の毛が絡みついてきた。宗栄は鍬を置いて、手で掘り始める。蓑吉も手伝う。ほどけた髪が指に触れる。

人の頭が出てきた。空っぽの眼窩《がんか》が蓑吉を見上げる。その顔立ちに見覚えがあった。

「市どんだ」

力持ちで優しかった。村長の甥っこだ。

宗栄はいったん腰を伸ばした。手の土を払う。今度は、その場で動かなくなった。まばたきもせず、加介の背後を見つめている。蓑吉も加介も、おそるおそる見た。加介の影で、地面のへこみがはっきりと、形を結んで見える。加介が震えだす。

足跡だ。

地面に食い込む三本指。しかも、人の歩幅の何倍もの間隔で、点々と続いている。

「すまん。お前の話を軽んじていた」

宗栄は唸った。蓑吉は地面を指さす。

「それよか、宗栄様。この足跡、森からここまで来て、また引き返してるよ」

「ならば、たどってみるぞ」

「えええええ」

ここは既に怪物の縄張りなのだ。じっと留まっていたらかえって危ない。それよりこっちから追って、奴の尻尾をつかむんだ。

蓑吉は、たっと駆けだした。樹に絡む蔦をたぐり寄せ、引きちぎって、戻ってきた。

「これ、身体に巻いて。あと葉っぱを噛むんだ。森の匂いに紛れられる」

「そんただやり方、おら初めて聞いたでぇ」

「じっちゃがやってたんだ」

身体に蔦を巻きつけ、土だらけの三人は、森に分け入った。風下を選んで、縦に並んで、道なき道を、そろそろ進む。


急峻な山だ。馬の足には酷だと加介は言う。番士はよほど訓練を積んで馬を乗りこなすのだろう。香山もそれは同じらしい。

「山作りが済んだ南や西の村には馬も牛もいるんだって。北二条はまだなんだ」

「山作りというのは何だ」

「山を開いて薬草畑にすんだよ」

「薬草？　おらたちなら桑畑だあ」

蓑吉と加介は首をかしげ合う。その時。

何か音がした。宗栄が声をひそめて訊く。

「あの足跡は続いているよな」

「へえ、そこに」

加介が指さした時、また鳴った。蓑吉はふと、酔いつぶれて寝ていた伍助を思い出す。ちょうどあの大鼾みたいだ。腹の底を震わせるように伝わってくる。

三人は蔦の葉を噛み、さらに足跡を追う。森の向こうに、砦が黒く見えてきた。

「朱音殿はどうしておられるか」

砦を見やって宗栄が呟く。蓑吉は急に不安になった。加介が後ろから言った。

「あれ…変ですがあ」

加介が見ている先は、そこだけ森が開けて、うらうらと陽があたっていた。こんもり盛り上がって、あたりにはない苔が生えている。また塚だろうか。

ぶるるん。


塚が身震いした。一度、二度。震えるたびに砂利や枯葉が振り落とされてゆく。

そして、怪物ははっきりと胴震いして立ち上がった。身体の下に隠れていた尻尾が現れる。丸太ほど太い。呆れるほど長い。

「二人とも、身動きするな」

宗栄が押し殺した声で言った。

ぶろおおん、と音がして、鼻が曲がりそうな臭いが漂ってきた。怪物のあくびだ。

そして、怪物は身体を丸めた。かと思うと、ぐいっと伸びた。

　土埃と砂利が舞い上がり、叩き付ける。蓑吉を加介が庇い、二人に宗栄が被さった。

　風が静まった。

　怪物は消えていた。足音もない。木立ちにぶつかる音もしなかった。まさに蛇だ。

加介が震え声で言った。

「あいつ、脚を引っ込めてぇ、滑ってった」

　砦へ向かう坂の草が、うねりながら押し潰されている。宗栄は加介に言った。
「名賀村へ帰れ。いま見たものを庄屋にすべて打ち明けて、村の守りを固めるんだ」
「庄屋様は朱音様と砦におられますがあ」
「そうだった、なら太一郎でも誰でもいい。山にいる者は呼び戻す。女子供を村の中心に集める。周りには物見を立てて見張れ。あとは松明《たいまつ》、武器、湯をうんと用意しろ」

「私は砦に知らせに行く。蓑吉も戻れ」

「いいや、おいらも宗栄様について行く。砦に入り込んで、仁谷村の衆を探すんだ」

　宗栄は一瞬ためらったが、頷いた。

「わかった。では加介、名賀村を頼むぞ」

「へえ。宗栄様、朱音様をお守りくだせ」

「もちろんだ」

　加介の背を見送って、宗栄と蓑吉は坂を登る。解せん。あいつは何ものなんだ？

十一　半之丈

朱音は砦で、退屈を堪えていた。

実用一点張りの黒い砦の奥の、妙にきらびやかな客間で「御笠御用立目録」は献上された。もったいぶった儀式のあいだじゅう、圓秀が呆れたような見惚れたような、微妙な表情をしていた。そして、この昼餉の酒宴では、代官が朱音にすり寄り、自らの家柄を自慢げに話してくれている。

ふと朱音は、西の床の間に目を留めた。

［報恩］と、たった二文字。

簡素な軸だ。癖のある、兄の手跡だ。

しかしなぜ西、香山側に掲げているのか。曽谷弾正が報いるべき恩を受けたのは東の、津ノ先城・竜崎高持公ではないかしら。

小さな疑問とは逆に、見え見えのこともある。この女好きの代官は、形ばかりの置物だ。担ぐなら中身の軽い御仁に限る、そんな兄の考えが、番士の目の色にも伺える。

例えば、儀式の始めから酒宴たけなわの今まで、にこりともせず通路の末に控えるあの番士。代官は先刻、こう紹介していた。

――この磐井《いわい》半之丈《はんのじょう》は、格別に御筆頭様の覚えがめでとうて、昨年秋、城下から砦番士に引き立てられて参ったのです。

「お代官様、そろそろ…」

茂左右衛門が切り出した。名残惜しそうな代官に辞儀をして、朱音は座を離れた。

朱音はわざと鯱張《しゃちほこば》って、声をかけてみた。

「そなた、磐井とやら。案内《あない》を頼みます」

「はっ」半之丈は小気味良く応じた。

「圓秀様、どこをご覧になりたいですか」

圓秀はうきうきと、笑顔で迷っている。

そして梯子段を降りながら、言い出した。

「そうそう。ここには大きな厩があるそうでございますね。見せていただけますか」

厩。朱音はびくりとした。


半之丈は、若者らしい涼しい声音だ。

「軍馬がお好きなのですか。永津野の馬は勇猛なだけに気性が荒いのです。不用意にお近付きになっては先生の御身が危ない」

武装した番士たち。式台にお白洲。

「気性が荒いというのがまたいいですなあ」

塀の忍び返しも物々しい。若い砦番と絵師のやりとりに、朱音ははらはらする。

圓秀が歓声をあげた。厩が見えてくる。

黒ずくめの厩。その脇に、宗栄が見たという竹矢来の檻はない。当然か。朱音が来ると分かっていたのだ。片付けたのだろう。では、囚われていた人たちは？

胸がずきりと痛んだ。…その人たちもまた、朱音が来るから片付けられてしまった？

見知らぬ人間に、馬たちが興奮して脚を踏み鳴らす。酒を飲んでも変わらなかった圓秀の頬が、この景色に紅潮している。

圓秀はもどかしげに矢立と帳面を開いた。磐井半之丈は傍らに控えている。その腰には両刀のほかに短刀があった。

「その短刀は、何に使うのですか」

「森で、小枝や藪を払うのです」

てらいなく尋ねる朱音に、半之丈の口許がかすかに緩んだ。風が竹を渡る。

厩は砦の端にある。ここだけ塀が切れて、代わりに竹林の繁る崖がある。


突然、馬たちがいななないて暴れ始めた。

「どう、どう。何を怖がっているんだ」

朱音が促すと、半之丈は厩番と一緒になって引き綱を手に、馬を宥めにかかった。荒れ騒ぐ馬がいる一方、怯えて身を寄せ合っている馬もいる。

圓秀は、構わず夢中で描いている。次はどうしよう、捕らえた人を隠すとしたらどこかしら…。そこで朱音は気付く。

竹がそよぐ音に、妙な音が混じっている。

朱音は竹林を見て、凍りついた。

崖の上の太い竹が、何かに押しやられては、跳ね戻る。それがだんだん厩に近づいている。あと五間、四間…。

と、そこで竹林の動きが止まった。

馬たちも静まった。朱音は息をついた。

「磐井様、そろそろ他所へ参りましょう」

声が裏返っている。咄嗟《とっさ》に付け足す。

「先程のお料理はどれも美味しうございました。兵糧庫を拝見したいのですが」

「物置など。お召し物が汚れます」

「小台様、小台様！」

そこへ目を丸くして圓秀が駆け寄った。

「番士の皆様は国境の巡視には、お顔に面を着けて行かれるそうでございますよ！」

圓秀は半之丈に子供のようにねだる。

「磐井様、そのお面を見せて下さいな」


この、人の好さそうな絵師を、朱音は初めて薄気味悪く感じた。知ってか知らずか、朱音の心の引っかかるところ、永津野の急所を、正確に突いてくる。

本当に、ただの絵師なのかしら。

「かしこまりました。お見せいたします」

踵《きびす》を返した半之丈の横顔は険しかった。

厩の一角に、焼板で仕切られた馬具置き場がある。その中の、葛籠《つづら》の前に来た。

錠はかかっていない。葛籠を開くと、木彫りの面が無造作に積み重ねてあった。鍋蓋とそう変わらない、素朴なものだ。しかし、圓秀は心底感じ入っている。

面は城下で作られ、それぞれの砦へ運ばれるという。その手配は曽谷弾正がしているということだ。朱音は訊いた。

「兄は何を考えてこのようなものを作らせ、皆様に着けさせているのでしょうか」

刺のある口調に、半之丈は姿勢を正した。
「この面は、我ら砦の番士が人ではなく、御定法の化身となるための印にございます」
金山が涸れ、貧しく痩せたこの永津野を豊かにするには、新しい策と強い御定法が必要だ。面により人らしい心を捨て、揺らがず民草を罰するのだ。思わず問うた。
「人狩りに遭う人々の嘆きにも、命乞いにも動じなくなるということでございますね」

朱音はまっすぐ磐井半之丈を見つめた。半之丈も応えた。涼しい目は動じない。この人は本気なのだ。朱音は目を伏せた。

「それほどまでに皆様の信を集め、兄は、果報者でございます」

生まれ落ちた時からよるべない、持て余し者であったのに。

圓秀は面を置き、筆を取った。半之丈が何か言いかけたその時、窓が突然閉まった。

「何事だ」

半之丈が窓を押し開けて外を覗く。つっかえ棒が落ちたようだ。外で人の声がする。

「磐井様、もうここを離れましょう」

朱音の心の臓が早足になる。圓秀は面を葛籠に戻して蓋をした。馬がまた騒ぎ始めた。半之丈は板戸を開けた。

一歩外に踏み出した途端、あの竹のしなる音が聞こえた。竹林が激しく乱れている。

生臭い。この臭いには覚えがある。

番士が数人駆け寄ってきた。

「おい半之丈、あれを見ろ」

お仕着せが舞い落ちてくる。さっき窓の外を掃いていた老人。あの人のものだ。取りに行こうとした半之丈を、朱音は止めた。

「いけません！」

半之丈は宥めるような笑みを浮かべた。そして竹の葉や小枝の降る崖を登り始めた。


「小台様、お顔が真っ青です」

圓秀が心配そうに寄り添う。その瞬間。

「うわあああ！」

竹林から大声がして、ぷつりと絶えた。

朱音は圓秀の手を掴むと、駆け出した。声を聞き付け、番士たちが飛び出してくる。圓秀はその流れから朱音を庇う。その圓秀の肩越しに、大きな鎌首が現れた。違う。尾だ。その時、砦じゅうに咆哮《ほうこう》が轟《とどろ》いた。

十二 化身

蓑吉は立ちすくんだ。

たった今咆哮があがったのは、砦の方角だ。ふり仰ぐ宗栄の顔から、みるみる血の気が引いてゆく。蓑吉は声を出してみた。

「あ、あかねさま、を、助けなぐちゃ」

心が少し強くなる。大丈夫、身体も動く。

「いいぞ！　その意気だ」

宗栄は蓑吉の頭を強く撫でると、急ぎ足になった。砦のてっぺんに人影が見える。

近付くにつれ、砦番の雄叫びも切れ切れに聞こえてくる。蓑吉の鼓動が速まる。
仁谷村のみんなの仇。
どすん！　地面が揺れて、二人は前のめりに倒れた。起きようとすると、また振動。枝が震え、木の葉が舞い落ちてくる。起きようとして、今度は伏せた。生臭い突風が砦から吹き下ろして来た。蓑吉は思う。
——この風は、お山の怒りだ。

菊地圓秀は、眼前の朱音の恐怖の表情に、振り返ろうとした。その刹那、怪物が咆哮し、圓秀は仰天して首をすくめた。

圓秀の首に巻きつかんとしていた怪物の尾は空を切って、横に逸れた。

しかしまた高々と持ち上がり、狙いを定める。朱音は動けない。

その時、数本の矢が怪物の尾をかすめた。

「射よ、射よ！」番士たちが攻めかかる。

朱音は圓秀の手を引いて再び走りだす。

「早く！　砦の中へ！」

矢、刀、槍の群れ。半之丈はどうしたろう。ひと呑みにされてしまったのか。

「危ない！」

圓秀に突き飛ばされ、朱音は顔から地面に突っ込んだ。矢が髻《もとどり》を断って飛び去る。二人は砦に入り、梯子段を登った。上の方からも、怪物を攻めているようだ。

ずしん！　砦ぜんたいが揺れる。あやうく梯子段から落ちかかる。また揺れる。煤《すす》が落ちて目に入る。

階上で鉄砲の音が弾けた。先刻の代官の客間だ。上がってゆくと、長橋茂左右衛門がへたり込んでいる。

砦の鉄砲隊は、窓辺に陣取っていた。圓秀は荒れ放題の部屋を、きょろきょろ見回した。そして唐紙を破り取った。

「目を狙え！」「脚だ！　動きを止めろ！」

漂う硝煙の中、番士たちは意気盛んだ。

どすんと、また砦全体が揺れた。

「間もなく、怪物は倒されるでしょうな」

床に手をつきながら、圓秀は笑いかける。

怪物がふらついて、壁にぶつかったのか。

「今のうちに、姿と動きを見ておかねば」

圓秀は筆と破れ紙を手に、窓際ににじり寄った。茂左右衛門が、手を伸ばして呻く。

「い、いけません」

その時。下から、ひとかたまりの水が飛んで来た。

揃って怪物を覗き込んでいた窓際の鉄砲隊は、揃ってその水を頭から浴びた。

次の瞬間、彼らは叫び始めた。身体から煙が出ている。焼けるような異臭と異音。

防具を剥ぎ取る者。転げ回る者。たたらを踏んで、窓枠から落ちてゆく者。


朱音は気付いた。蓑吉の着物に残ったあの臭い。溶けたように赤く剥けた蓑吉のあの肌。あの水は、怪物の脾胃《ひい》の中の酸水だ。

「圓秀様、そこから離れて！」

一瞬、その場が翳った。肉色の太い帯が舞い飛んできて、乱れ騒ぐ鉄砲隊の番士たちを三人ぐるりと巻き取ってさらってゆく。

再び、陽が翳る。肉色の帯は、窓枠に絡み付き、引いた。壁板ごと剥がれてゆく。

がつん！

廊下の縁に、三本の鉤爪が食い込んだ。残った番士たちが、銃座で目の下の怪物に打ちかかる。今度は二股の尾が弧を描き、番士たちと散らばる鉄砲を薙ぎ落とす。

がつん！　もう一方の鉤爪が床板に刺さる。部屋が窓側に傾いた。

ばりばり！　その時、床板が割れて、両方の鉤爪もろとも落下した。地響きが轟く。

「し、下へ逃げましょう。ここは崩れます」
怪物の咆哮が辺りを震わす。ふるい落とされてしまいそうだ。茂左右衛門は腰が抜けて動けない。涙ぐんでいる。
「お代官様も、心地よく酔われて、窓に寄られてぇ、いきなり宙にさらわれてぇ」
ひときわ大きな揺れが来た。畳がばらけて跳ね上がり、床の真ん中に大穴が空く。茂左右衛門が仰向けにひっくり返った。

建物が軋《きし》む。軋む音は高くなり、部屋の傾きも大きくなってゆく。
「庄屋様！」
朱音も圓秀も手を伸ばしたが、遅かった。茂左右衛門は、壁のない窓側へ、頭から滑り落ちていった。
朱音と圓秀は必死で梯子段までたどり着き、段々に食らいついて降りてゆく。天井が落ちてくる。さっきまでいた客間の床だ。

地階の土間にも、壁がなかった。外には矢が散らばり、血しぶきが飛び、番士が何人も倒れているのが見える。咆哮と悲鳴が重なって聞こえる。

「圓秀様、ここから離れましょう。名賀村に帰るのです。早く皆に報せなくては」

煤や塵が降ってくる。この天井も危ない。

「…火だ」

圓秀の顔に緊張の色が走る。

朱音と圓秀の行く手の地べたに、一本の筋。その上を、火がすうっと辿る。油だ。誰かが油を撒いて火を点けたのだ。その炎が板壁を駆け上った。炎は一気に膨らみ、二人の行く手も退路も塞いだ。焼板が強いのは、外からの火に対してだけだ。

「いかん！」圓秀はとっさに左手の壁の破れ目から抜け出した。朱音もその後を追う。

そこはまさに戦いの真っただ中だった。

不格好な、蜥蜴《とかげ》のような図体。硬そうな鱗は、半身に竹林の色、半身に砦の焼板の色を映し、動く度に絶え間なく色を変え、濡れ濡れと光る。矢が当たっては、はらりと落ちる。

怪物はこちらを振り向いた。大きな口、その上に一対の鼻の穴。しかし。

眼がない。眼窩すらない。目を狙った番士は戸惑ったに違いない。

朱音はただぐるぐると考える。生き物ではない。これは何かの化身だ。穢れ、邪気、悪意の塊。お前は何。お前はいつ、なぜ産まれたの。お前は「命」を持っているの。

怪物が答えるように口を開く。ぞろりと並ぶ歯の列。そして真ん中にあの肉色の帯。

雄叫びをあげ、血まみれの番士が大刀で斬りかかる。怪物は鋭く見返って、長い舌ではね飛ばした。続いて尾が波打つ。

二股の尾は砦に巻き付いた。引き倒そうとしているようだ。ひときわ高い咆哮。

同時に、内部に回っていた火が躍り出た。

「倒れます！」

圓秀が朱音の腕をつかんで逃げ出した。番士の骸が降ってくる。朱音は目を放せない。どうか。どうかその怪物を押し潰して！

地響きを立て、砦は倒壊した。

怪物の姿も消えた。しかし朱音は見た。

怪物は舌を引っ込め、脚をたたんだ。そして蛇のようにぬるりと身をかわしたのだ。また竹林が騒ぐ。逃げ出した馬がいななく。圓秀は夢中で走っている。朱音の足は追いつかず、転んだ。足首に痛みが走る。朱音は、帯を解き、重い晴れ着を脱ぎ捨てた。再び咆哮。近付いてくる。その合間にかすかに「朱音殿！」と呼ぶ声が聞こえた。

「そうだ、木に登ろう！」

圓秀は朱音の腕を取った。足首が痛む。

「圓秀様、私は無理です。藪に隠れます」

圓秀は周囲を見回す。何か見つけたようだ。緩い斜面を駆け上がり、駆け戻った。

「小台様、涸れ井戸がございます」

何とか井戸にたどり着き、圓秀の言うままにしごきを解く。圓秀は、片方は朱音の胴に、片方は近くの木の幹に、固く結びつけた。それを手繰り、掌に巻き付ける。


「私はこの木に登ります。小台様、お早く」

朱音はしごきを握り、井戸の中へ降りてゆく。黴《かび》臭い。しごきは底の手前で尽きた。

「きっと逃げ延びられますからね！」

明るく言い残し、圓秀の声は絶えた。

朱音は独り、筒型の闇の中だ。自身の重みで、しごきが少しずつ締まってゆく。苦しい。だしぬけに涙があふれた。溜家の皆……さっきの声……。だんだん気が遠くなる。

十三　宗栄

蓑吉と宗栄は、砦の板塀の簡素な木戸から中をうかがった。普段は張り番がいるはずだが、今は無人だ。宗栄が呻く。

「あれが、そうなのか」

　蓑吉も初めて白昼、まともに怪物の全身を目にした。蛇と見まごうたのは、二股に分かれた長い尾と、厚い長い舌だった。蓑吉は全身で思い出した。おいらは、あの舌に巻き取られて、呑み込まれたんだ。

砦の番士たちは果敢に怪物に立ち向かっていた。しかし、矢も槍も刀も、傷ひとつつけられない。そして奇妙なことに、怪物は時々砦に頭突きし、蹴り、殴っている。
「あいつ、わざと砦を倒そうとしてる」
「あんなけだものが？　まあいい。行こう。朱音殿はまだ砦の中だろう」
　建物の一角に、樽が積まれ、洗い物が干してある。あそこに勝手口があるはずだ。

大きな破壊音と、番士の叫び声が上がる。

宗栄も蓑吉も、樽の脇にしゃがみ込んだ。厩も壊されたのか、馬が逃げ出してくる。

「奴は、馬は喰わんようだ」

「そりゃあ、人を喰うほうが楽だもん」

その時、かすれた声が聞こえた。

「誰かいるのかあ。ここから出してくれえ」

宗栄は立ち上がって、見回した。声はくぐもって、足下から聞こえてくる。

積まれた樽の陰に、風抜きの格子窓があり、そこから指先がのぞいていた。

「ここだあ、厨《くりや》の物入れだよう」

蓑吉ははっとした。聞き覚えのある声だ。

「善蔵さん？　善蔵さんじゃねえか？」

宗栄と蓑吉は勝手口から厨に飛び込んだ。お仕着せの男が四、五人、驚いて振り返る。

宗栄は脇差しを抜き放つと一喝した。

「喰われてしまうぞ！　森へ逃げろ！」


お仕着せの男たちは、悲鳴を上げて逃げていった。積んである俵をどけると、低い格子戸があった。間違いない。夫婦で薬草を作っていた仁谷村の善蔵だ。痩せこけて、傷だらけだ。弱りきっている。

「お前、蓑吉かあ、おっかあもいるだよ」

中には、女房のおえんの亡骸があった。砦が揺れる。どこかの床が抜けたような音が轟く。善蔵はおえんの亡骸を抱えた。

「よし蓑吉、この人たちとさっきの木戸で待っていてくれ。私は朱音殿を捜してくる」

大声で朱音を呼びながら、宗栄が遠ざかった。砦が軋む。早く逃げ出さなくては。おえんの半身は焼け、溶けていた。青豆の時期には、母のない蓑吉に豆飯をよそってくれた、その手にも骨がのぞいている。蓑吉は善蔵の袖をつかみ、引っ張った。

「あのお侍さんはどこの人だ…永津野かあ」

「蓑吉、永津野の人など信用しちゃなんね」
善蔵は座り込んだまま、蓑吉を見据える。
「ここへ来た時は、おっかあも多平も次郎吉じいさんもおきよも生きてただ。なのに、ここの…永津野の鬼どもは。怪我の手当てもせずに閉じ込めて、耳も貸さねえ。逆に何を企んどるってえ、疑って、責めて…」
　懐かしい村の人々の名。善蔵は声を震わせ、落ちていた包丁を握り、腰をあげた。

「蓑吉、わっしはここへ残る。あの化け物さ今度こそわっしが焼き殺してくれる。牛頭馬頭どもも道連れだあ」

　善蔵は、火の気のものを探してねめ回す。

「善蔵さん、駄目だ。逃げようよ！」

「どけ！　お前も永津野の仲間かあ！」

　包丁を振り立てられ、蓑吉は後ずさって、厨の敷居を踏み損なって後ろに転んだ。その瞬間天井が落ち、戸口を塞いでしまった。

砦は向こう側に傾いている。宗栄が走ってくるのが見えた。誰か担いでいる。

「名賀村の庄屋殿だ。まだ息がある」

ひときわ高い、怪物の咆哮。激しい破壊音がして、火の手が上がる。善蔵さんだ。宗栄の顔が歪む。蓑吉も泣きたい。朱音様。

「とにかく我々も逃げるぞ！」

その時、生臭い突風が二人の足をさらった。蓑吉が先に起き上がって、振り向いた。

怪物だ。ほんの二間の距離に迫っている。宗栄は呻きながら身を起こす。

もう逃げられない。怪物は蓑吉と宗栄の前で、頭をかしげている。目玉がない。

「つまりまっとうな生き物ではないのだな」

宗栄は、もう悟り澄ましたように言う。何だろう、このごろごろいう音は？

怪物は頭を引く。喉が波打つ。口が開く。歯がのぞく。舌が光る。口を少し閉じる。


そしてまた頭をつき出し、口を開くと、蓑吉と宗栄の眼前で、怪物は吐き始めた。人、人、人だ。武具を着けたままの番士。お仕着せの男。全身。半身。脚。腕。どれも溶けかけて粘ついた水にまみれている。猛烈な臭気に二人は目も開けられない。蓑吉も、こうやって吐き出されたのだ。

宗栄は庄屋を横たえ、その前に出た。怪物を見据えたまま、立ち上がり、身構える。

怪物は、吐き尽くして、頭を持ち上げる。

「私が三つ数えたら走れ。いくぞ。いち」

宗栄の方を向く。嗅ぎつけたか。

「にい」

鼻から息が漏れ、湿った音をたてる。

「さん！」

蓑吉は跳ね起きて逃げ出した。宗栄は脇差しを抜き放ち、怪物に突進した。怪物の舌が素早く伸び、宗栄を巻き取る。

宗栄の両足が宙を掻く。宗栄は掛け声と共に脇差しを怪物の舌に振り下ろした。一撃、二撃。怪物は悲鳴を上げた。
悲鳴に、蓑吉は振り返った。怪物の血が降りかかってくる。宗栄は何度も何度も斬りつける。そのたびに傷は深くなり、怪物は地団太を踏む。そして喉いっぱいの咆哮。
怪物は頭を振り立てた。舌は引きちぎれ、宗栄は怪物の舌ごと振り飛ばされていった。

怪物は残った舌を巻き取り、しまい込む。血が、口の端から流れ落ちる。そして一歩、辺りを探って踏み出した。鼻の穴が動く。

庄屋様が踏みつぶされちまう。

蓑吉は一瞬目を閉じ、心を決めた。

「ほら、こっちだ。おいらはここだぞ」

怪物の身体の向きが変わった。蓑吉は後ずさりながら、震えながら、声を出し続けた。怪物はじわりじわり距離を詰めてくる。

小山のような背中の向こうに、長い尾がゆっくりと持ち上がる。

今度は尻尾でおいらを巻き取ろうというのか。巻き取って、大口にぽいっと放り込んで、おしまいか。今度こそ、おいらも。

怪物の尾が、狙いを定めた。もう駄目だ。

蓑吉は尻餅をついた。怪物の動きが止まる。瞬きさえできない。涙がにじむ。

突然、蓑吉の後ろ襟に何かが食いついた。

馬だ。目が合った。優しげにまばたく。

こいつ、怪物が怖くないのか。

怪物は止まったままだ。鼻の穴だけがひくついている。馬は襟を引っ張り上げる。

蓑吉は吊り上げられるように立ち上がった。

「ひひん」

馬がいないた。

怪物が、すうっと頭を後ろに引いた。一気に鼻から息を吐き、鉤爪の脚をたたんだ。


長い尾が弧を描き、蓑吉と馬の頭上をかすめて、怪物は砦の方へ這い去った。竹のしなる音が小さく聞こえ、遠ざかった。

「ありがとう。お前強いんだなあ」

蓑吉は馬の首を抱きしめた。温かい。そして、蓑吉は庄屋に駆け寄り、揺さぶった。

「庄屋様、逃げよう。早く名賀村へ帰ろう」

庄屋の瞼が上がり、乾いた唇が開く。

「お前……どこの子だね」

十四　直弥

――おだいさま、おだいさま。

誰です。呼ぶのは。私の頬を叩くのは。

朱音は目覚めた。三つの顔が覗き込んでいる。すぐそばに古井戸が見える。

「ああよかった！　小台様、怪物はうまいことやり過ごしました。私も無事です」

菊地圓秀様…と、あとの二人は？

「私は小日向直弥と申します。これは私の従者で、やじと申す者です」

圓秀は羽織を脱いで、朱音に着せかけた。

「助けて下さって、ありがとうございます」

朱音は小日向という若侍に頭を下げた。

「圓秀様とお知り合いなのですね。ここに留まっていては危のうございます。どうかご一緒に名賀村へおいで下さいませ」

圓秀と若侍は、気まずそうに眉を寄せる。

朱音は立とうとして、やじに押さえられた。あっ…そうだった。足首を痛めていた。

「名賀村には参れません」

小日向直弥は朱音をまっすぐ見て言った。

「我らは香山藩の者でござる。我が藩の北の開拓村で変事が起こり、子細を調べるため、山に参ったのですが」

朱音の胸に理解の光が灯った。

「それは仁谷村のことでございますね？」

「ご存じなのですか」

「危うく生き残った村の子に聞きました」

直弥とやじが砦の異変に気付いて駆け付けたのは、まさに砦が倒壊する時だった。
二人は森に潜んで怪物が姿を消すのを待って、検分を始めた。そして、木の上の圓秀に声をかけられたという。朱音は言った。
「あれはまともな生きものではありません。大きな念の塊がかりそめの命をもち、動いているのです。武器を揃えても無駄です」
「それでも倒さねばなりません」

小日向直弥は、落ち着いて言った。

「領民を守り、お山に平穏を取り戻すのが、我ら武士の本分でござる。今は貴女にも我らに従っていただくほか道はありません」

「？　私は名賀村へ帰らねば」

「お一人では無理でございますよ」

お一人？　朱音は圓秀を見る。

「圓秀殿には、香山に急ぎの所用が生じました。私と共に来ていただきます」

おかしな言い分だ。そこへやじが朱音にすり寄り、ひょいと担ぎ上げた。

「何をするの。無礼な！　下ろしなさい！」

背中をぶたれてもやじは動じない。歩きだした直弥のあとに続く。圓秀が宥める。

「小台様、申し訳ありません。でも今は小日向様とご一緒の方が心強うございますよ」

お気楽な絵師め。朱音は身をよじって暴れながらふと気づく。あら、この従者は…。

西に向かうには、また砦を通ることになった。砦の残骸は、まだ燻《くすぶ》っていた。
「どうか下ろしてください。村の皆を守るために、詳しく知っておきたいのです」
やじはようやく朱音を肩から下ろし、身体を支えてくれた。朱音はゆっくり見回す。
首や手足のちぎれた者。頭の踏み潰された者。木にぶら下がる者。圓秀が泣いている。泣く泣く圓秀が今度は朱音を背負った。

さらに進むと、溶けかけた番士たちの骸が絡まって、ひと塊の山になっていた。

朱音は、その中に知った顔を半分だけ見つけた。半分は溶けてしまっているけれど。

「…磐井半之丈様」

やじが木の面をどこからか持ってきて、仰向いた半之丈の顔にそっと乗せた。

ありがとう、朱音は小さく呟いた。

四人はあとはただ黙々と香山を目指した。

しかし、ここで邂逅《かいこう》を果たすとは。

直弥は、菊地圓秀を問い詰めたいのを懸命に堪えていた。圓秀は疲労のせいか黙っていたし、その背負った女人もまた途中で気を失ってしまっている。

この女人を、圓秀は「小台様」と呼んでいた。名賀村という土地では身分があるのだろう。ならば圓秀はやはり永津野の間者であり、女人は彼を操る側の者なのか。

「この二人の介抱を頼む。別々に引き離して、よく見張っていてくれ」

洞窟に着くと、直弥は二人を村人に託した。そうして、金治郎に事の次第を話した。

「…牛頭馬頭まで喰われてしまいましたか」

「しかし、怪物は東へ向かったようです。向こうの村に引き寄せられている間は、まず安心だ。伊織先生から高羽殿の話を通して貰えれば、じき助けも来るでしょう」

「問題は、御館から助けが来るまでの間です。西の三ヶ村へでも移った方がいい」

「小日向様はお山番ではござっしゃらん。西に向かう道は険しうて辛うございますで」

金治郎は労《いたわ》るような目をした。

「侮るのか。私も香山の民を守る武士だ！」

「守るのは香山の民だけでございますか」

そこへ凛と、女人の声が響いた。野良着姿の朱音がそこに膝をついていた。

「おかげ様で、足の痛みがずいぶん薄れました。心よりお礼申し上げます。しかし」

朱音の表情は硬い。

「私は永津野の、名賀村の者でございます。今しがた小日向様が、怪物が次に向かうとおっしゃったのは、私の村でございます」

直弥を見据えるその瞳に、涙が浮かんだ。

「永津野の者も、人でございます」

直弥はうなだれた。耳が熱くなる。

今、永津野の民も番士も同じ思いで怪物に立ち向かっていることにすら、思いが至らなかった。羞恥に身を焼かれるようだ。
「……申し訳ない」
私は、お山の怖さも、厳しさも知らない。永津野の牛頭馬頭の所業を憎んでも、彼らと直に刃を交えたこともなく、屈辱を忍んで交渉し頭を垂れたこともない。みんな、頭で理解して、頭で腹を立てていただけだ。

「私は一刻も早く、帰らねばなりません」

金治郎が宥めても、朱音はかぶりを振る。

「ごめんなさい。私が浅はかでした。香山に来る前に、自害すべきでした。いえ、怪物にいっそ喰われてしまえばよかった！」

ただ名賀村を案じているだけではなさそうだ。直弥と金治郎は顔を見合わせる。

「私は、永津野藩主の御側番方衆筆頭、曽谷弾正の妹、朱音でございます」

「このままでは兄が、私を探すことを口実に香山領内に攻め込んで来てしまいます！」

三人の間に冷たい沈黙が落ちてきた。

朱音は弾正にくみする者ではない。名賀村にいたのもそのためだ。それなのに。

「口実なら怪物だけで十分だ」

三人ははっと振り向く。やじだった。

「香山は、お前様を助けたことで永津野と取引ができる」

「これはしたりだ！　朱音殿の命を拾い、預かっていることを盾に、手を携えて怪物を倒そう、と働きかけるのだな」
直弥は言った。金治郎は目を見開いて黙っている。さんざん牛頭馬頭に苦しめられてきた村の庄屋だ。しばらくして、金治郎は一点を見つめたまま、口を開いた。
「…そうですなあ。御館の皆様は、私ら北二条の者をお見捨てになったでえ」

その言葉は、御館町の暮らししか知らぬ直弥に刺さった。

その場で座り直し、秤屋金治郎は、両手をついて深々と頭を下げた。

「お願い申し上げます。朱音様あ。兄上様にお取りなし下さい。私らをお救い下さいませえ」

金治郎は、考えて、見切って、見限ったのだ。お家にかまける御館の人びとを。

その時、女がやじを押しのけて入ってきた。金治郎の姉のおもんだった。

「朱音様、おらあ、そのお名前に聞き覚えがあって。兄上様が、おいででございましょう。市ノ介様という双子の兄上様が」

「市ノ介は兄の幼名でございます！」

おもんは朱音の手を握りしめた。

「したらおらの勘違いじゃねえ。貴女様はあの朱音様だあ。よく香山へ戻られました」

「私が、香山に…帰った？」
「お小さかったから覚えておられませんか。朱音様と市ノ介様は三つになるまで北二条の妙高寺でお育ちになったんでございますよ。母上様もご一緒で、おらのおっかあがお世話させていただきました。朱音様は母上様に生き写しだでえ。すぐわかりました」
　朱音は呆然とする。母の記憶もない。
「おもんさん、母はどうなったのです？」

「母上様は、妙高寺で亡くなられました。ご兄妹が他所さおいでになる時、和尚様はおらたちに厳しくおっしゃいました。お二人はもうお戻りにはならぬ。忘れろと」

　おもんの話を聞くやじの目に、今まで見たことのない光が宿っているのに直弥は気付いた。妙高寺は確か、やじの育った寺だ。

「妙高寺へ連れて行ってください。兄が来る前に、知っておくべきことがあります」

十五　太一郎

　庄屋の茂左右衛門を馬に乗せ、溜家に帰った蓑吉を、おせんはにぎやかに出迎えた。

「蓑吉、無事だったんだね！　庄屋様はどうしたの？　宗栄様は？　ああ、加介さんは庄屋様のとこにいるよ。じい、じい、蓑吉が帰ってきたよお！」

　加介が事情を伝え、庄屋・長橋家では跡取りの太一郎の采配で、すでに大掛かりに怪物への備えを固めていた。

　ひととおりの手当てを済ませ、昏々と眠る茂左右衛門の枕元で二人になると、太一郎は蓑吉にあらためて問うた。お前はどこの子だ。蓑吉は素直に白状した。

「そうか。小台様はあ、ぜんぶご存じでお前を匿っておられたんだな」

　太一郎は穏やかに言った。

「じいさんを助けてくれてありがとうなあ」

あの馬、ハナがいてくれたからだ。

そういえば厩の馬はみんな逃げていたけれど、怪物は馬は喰わなかった。老いたハナだけは、それを知っていたようだった。

「怪物が襲うのは人だけかあ」

太一郎は蓑吉の腰を見つめながら呟く。

「先生もその蛇よけを付けておられたか」

宗栄のことだ。蓑吉は蛇よけを握った。

「なら、きっとご無事だ。小台様をお助けして、お二人でお戻りになる。なあ?」


太一郎に勧められて厨で食べものを貰うと、急に蓑吉は眠くなった。そういえばまだ加介を見ていない。探すうち厩に来た。ハナがいる。蓑吉は厩番に声を掛けた。

「おじさあ、おいらここにいてもいいか」

蓑吉はハナの足元の藁の中に潜り込んだ。

「そいつはじいさん馬だが、賢い馬だあ。だから砦でも大事にされてたんだなあ」

厩番の声を子守歌に、蓑吉は眠っていた。

「ぼっこ、起きろ起きろ。一大事だ。お前、ハナを引いて満作の家に移してくれろ」

「か、怪物か？」

蓑吉は跳ね起きた。厩番たちは失笑する。

「んなもんでねえ。大変なお客様だあ」

「御筆頭様の御家来衆の馬を休ませるでなあ。早くここを開けて掃除しねえと」

ちんぷんかんぷんの蓑吉を厩番が立たせ、藁を払い、ハナに付けた手綱を持たせる。

庄屋の屋敷の玄関には駕籠《かご》が置いてあった。春の夕陽が、漆と金箔にきらきら跳ね返る。厩番が声を潜めて教えてくれる。
「ありゃあ御筆頭様の奥方様のお駕籠だ」
満作の家は小高いところにあった。厩はなく、馬たちは裏庭に繋がれた。ごひっとうさまのおくがたさまが来る話でもはや持ちきりだ。怪物のこと、忘れてないか。
蓑吉は仕方無く溜家へ帰ることにした。

溜家の前では、じいが崖の縁で村の様子を眺めていた。蓑吉が隣に立つと、じいは何も言わずに、蓑吉の頭を撫で回した。

「あ、蓑吉！　どこにいたんだあ」

おせんが出てきて二人に加わる。瞼が腫れていた。宗栄様と朱音様のために泣いていたんだ。蓑吉も切なくなる。加介も戻って、裏庭に杭を立て、鳴子を仕掛けていた。ごひっとうさま騒ぎは知らないようだ。

蓑吉は庄屋での騒ぎを三人に話した。

「御筆頭様の奥方様はあ、ここらに御縁のある姫様だったでえ、ご巡視だろうで」

じいがのんびり言う。蓑吉は心配になる。

「こんな時にあいつが襲ってきたら」

加介が頷く。御家来衆が信じてくれるかどうか。おせんが急にきりりと顔を上げた。

「あんたら、支度して！　庄屋様のお屋敷さ行って、太一郎さんに助太刀せねば」

「太一郎さんの言葉で足らねば、あんたらじかに見た者が申し上げねばなんね！」

小台様なら、きっとそうなさる。みんなで庄屋様のお屋敷に行こう。息巻くおせんに、しかし、じいはかぶりを振った。

「わっしはあ、ここにおる」

そこには妙な落ち着きがあった。蓑吉もおせんも加介も、何も言えなかった。

溜家を後にする三人の背を、夕陽は赤々と落ちてゆく。

十六　源一

背中が痛い。尻も痛い。身体中が軋む。

生きていた。

榊田宗栄は、己の強運に呆れた。腹の底から笑いがこみ上げてくる。

「お武家様あ、目が覚めたかね」

目の前に老人の顔がぬうっと現れた。老人の後ろで、焚き火のはぜる音がする。

「藪に落ちて、命を拾いなすっただな。あの大食いに喰われねえでよかった」

「…あの怪物のことだな」

「そうだ。わっしの村もやられた」

宗栄はゆるゆる半身を起こした。傍らの木に鉄砲が一挺立てかけてある。

「ご老体、あんたは仁谷村の鉄砲撃ちか」

老人は宗栄を怪しむ目つきになった。

「村の番人だな。蓑吉という孫がいるな」

老人は驚いて、手にした小枝を取り落とした。やはり。蓑吉のじっちゃだったか。

「…じゃあ、蓑吉も砦にいたのかあ」

「そうだ、あの子を守りきれず、私だけふっ飛ばされてこの有様だ。面目次第もない」

「蓑吉は足が速えで、きっと無事だ。頭など下げねえでくだせ」

蓑吉の祖父・源一《げんいち》は袋から黒いものを出して、宗栄にくれた。堅い干し柿だった。

ここは大平良山の麓、永津野領だ。源一はずっと一人で怪物を追っているという。

「永津野にご浪人とは珍しいがあ。お武家様、お役目をし損じたかね」

「私は旅の者だ。覚えず長居になって、この騒ぎに巻き込まれてしまっただけだよ」

宗栄も遠慮なく、ずけずけと聞いてみた。

「源じい、その腰はもともと曲がっているのか。それとも痛めたか」

「村があ、襲われた時にい」

「じゃあここに横になれ。私に診せろ」


宗栄は源一の身体を検めた。膝と尻を痛めている。心覚えの治療を施すと、今度は源一の介添えで、自分に活法をかける。

仕上げに、源一が馬留から持ってきたという薬を一包ずつ飲んだ。痛み止めか熱冷ましか腹下しのどれかだというから、三つに一つの割合で当たるだろう。

「宗栄様は夜が明けたら、風下を選《よ》ってお帰りなされ。蓑吉を頼みますでえ」

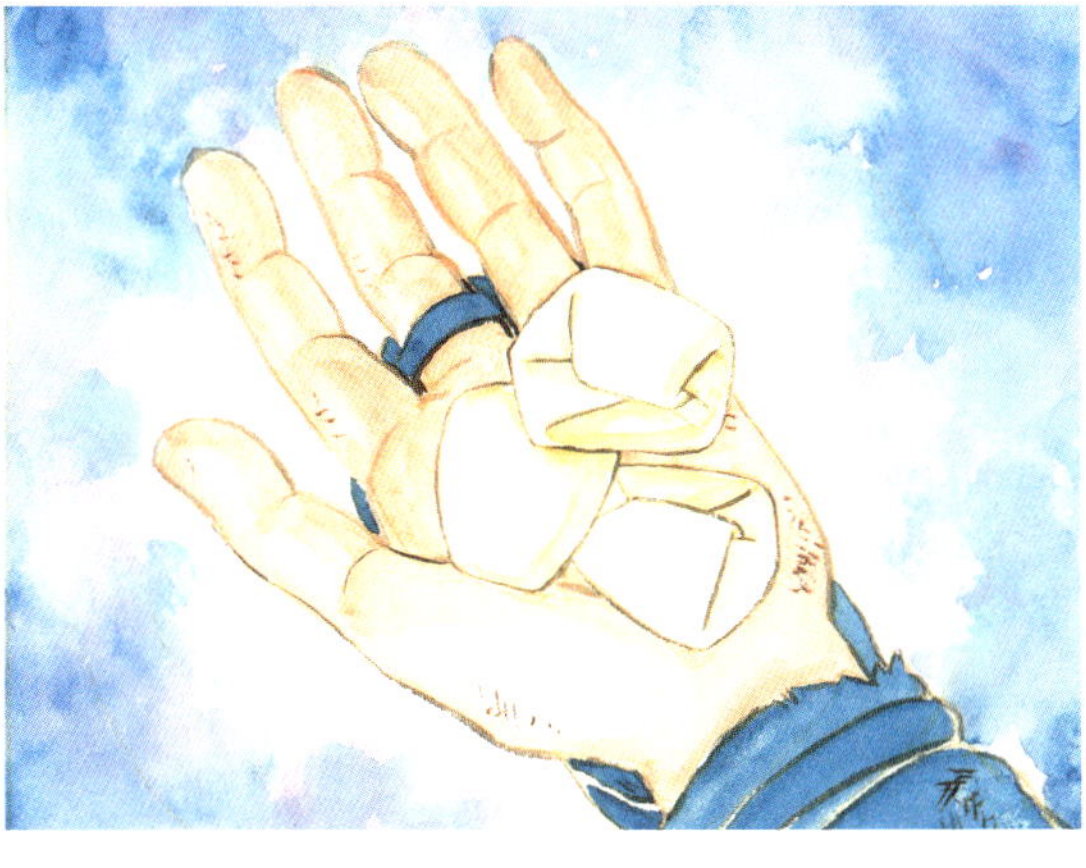

「ありゃ大きなけだものだが、一匹だけだ。一人で追う方が早え。わっしは大平良山の、あれのねぐらをめっけて、仕留めてやる」

確信に満ちた顔だ。宗栄は聞いてみた。

「あんたはあの怪物のこと何か知っているようだな。前にも見たことがあるのか」

「いんや。とんでもねえ…」

咄嗟に答えて、源一はまっこうから宗栄の顔を見た。宗栄も逃げずに見つめ返す。

「…わっしも親父に聞いただけだが」
やがて源一は口を開いた。
「山作りが始まるずっと前のことだあ。親父の狩人仲間の、伍平ちう飲んだくれが、ある夜、村の灯とお山の星を間違えてどんどこ大平良山さ登ったんだと。すると森の中で、鼾さ聞こえて、魚の腸の腐ったような臭いがした。伍平は酔いも醒めて、泡くって小便ちびりながら下ったんだあ」

「その時、親父の親父が言ったんだと。それはお山の悪気が集まってできた「もののけ」だあ。その臭いの風が吹いて、山犬や鳥が逃げ出したら、よおく気をつけろって」

――お山の怒りだ。そう蓑吉も言っていた。

「大平良山にねぐらがある。ということは、山神の化身なのか？」

「めったなこと言うでねえ宗栄様、山神様があだら醜く人を喰らいなさるもんかあ」

源一は苛立たしげに口をひん曲げる。

「後ろをごらんなせえ」

近くの木の根元に、胡乱な黒い塊がある。

「宗栄様の胴に巻きついていたものだあ」

怪物の舌だ。宗栄は指でつついた。穴が開き、崩れてゆく。灰か泥のようだ。生き物の肉ではない。まさに悪気が抜けた滓……。

「……では、誰かがあれを造ったのか？」

焚き火がはぜ、火の粉が舞う。

「……瓜生のお殿様のお血筋には、まじないが伝わってるんでえ」
お山に呼び掛け、風や雨を呼ぶという。
「怪物もそのまじないで作ったというのか」
その昔、香山一帯は永津野領の一部であった。強い軍勢に下るたび、恭順の証しとして差し出されては戻りを繰り返し、永津野竜崎氏の重臣・瓜生氏は、民と共に、捨て石のような故郷の運命に耐え忍んでいた。

「それが、権現様の天下取りの戦の時」

関ヶ原の合戦は百年前の出来事だ。永津野竜崎氏が西軍・上杉氏についたのに対し、瓜生氏は大きな賭けに出た。主君の命に背き、東軍・徳川方にくみしたのである。

その賭けの結果は吉と出た。東軍が勝利し徳川将軍家の天下が始まると、香山は永津野からの分離独立が認められ、瓜生氏は一万石の領地を安堵され、大名家となった。

しかし。永津野竜崎氏も、西軍での奮戦が認められたのか、小藩ながらも外様大名として抱えられた。かたや香山瓜生氏は、背信の臣でもある。永津野藩の支藩という軛《くびき》は残されることとなった。

　二藩の間には深い怒りと猜疑心が残った。軍事力では永津野にはかなわない。内戦に備え、香山では呪術で怪物を造ったのだった。［武器］として。藩を守るために。

「内戦は起きなかった。怪物はそれきり、大平良山でぇ、大鼾で寝てんだあ」

　宗栄は思う。やはり呪術で封じられたのだろう。山神のおわすお山のどこかに。

　その怪物が、なぜ今になって現れた？　牛頭馬頭の所業がきっかけなのか。ではなぜ香山の瓜生の民まで襲うのか？　それは［武器］だからだ。敵味方を見分ける意志のない、ただ平らげるだけの存在だからだ。

「奴にはきっと急所がある。そこを狙う」

　仮初めの命の素となる部分があるはずだ。源一は言う。だが鉄砲一挺と勘で立ち向かうにはちと早い。もっと手掛かりが欲しい。

「なあ源じい。瓜生氏のまじないの使い手について、もっと詳しく知っている者はいないだろうか」

　源一はややあって、目を上げた。

「妙高寺の和尚だなあ」

十七　土御門《つちみかど》

蓑吉は一人、満作《まんさく》の家の屋根にいた。

村のあちこちに見張りが見える。村人はこの周りの家に集まって雑魚寝している。

三人で長橋家に戻ったものの、太一郎にはもう会えなかった。御筆頭様の奥方と御家来衆に、名賀村に迫りつつある怪物のことをきちんと伝えられたのかもわからない。そのうち、おせんも加介もそれぞれの仕事に追われ、ばらばらになってしまった。

高貴な客人が来るせいで、かがり火も武器も禁じられてしまった。

今夜は星がやけにきれいだ。蓑吉は歯がゆい。口がきけなかった頃、朱音様がくれた小さなお菓子みたいだ。朱音様……。蓑吉は立ち上がって溜家の方を見た。じいも起きているのか奥に明かりが灯っている。視線を戻して、蓑吉は気づいた。

村の出入り口の明かりが見えない。

まばたきして、目を凝らす。今度は街道に通じる坂が見えない。闇に塗りつぶされている。その闇が、家と家の間に流れ込んでくる。まさか。蓑吉は胸いっぱいに息を吸い込んだ。あの異臭が押し寄せる。馬が騒ぎだす。やっぱり。力いっぱい叫んだ。

「かいぶつだあ！」

それと同時に怪物が雄叫びをあげた。蓑吉は転がるように屋根を降りた。

「な、何だ、ありゃ」

厩番が飛び出してくる。ほんの今まで村が寝息をたてていたのに、悲鳴が、怒声が、壊れる音が、足音がそれにとって代わる。

「おじさあ、馬を放そう！」

「ばか言うな、だ、大事な馬を」

馬が向かえば怪物はひるむのに。厩番は怯え騒ぐ馬を追い立て、逃げてゆく。蓑吉はハナの手綱だけ奪って、走りだした。

怪物は既に手近な家を二軒叩き壊し、長橋家に向かっている。わけもわからず枕を抱えて走る男がいる。子を背負って逃げる女がいる。怪物の尾が空を切る。

村の男たちが集まってきた。手に手に鍬や鎌や万能《まんのう》を構えている。松明を振りかざす者もいる。それに応ずるように、怪物の喉が鳴る。あの溶ける液を吐くつもりだ。

「どけどけえ！　みんな下がれえ！」

右手の家から、戸板を捧げ持った者が出て来た。加介だ。怪物が腹の中のものを吐きかける。加介は戸板でそれを受けた。怪物の隙をついて加介の背に誰かが駆け寄った。太一郎だ。何かを怪物に投げつけた。

ぱしゃん！　軽い音がして土器《かわらけ》が砕ける。油だ。太一郎は両手に持てるだけの土器を持ち、加介と一緒に前進しながら投げつける。今だ。蓑吉はハナと走り寄った。

怪物の腰が引け、口が開く。そこへ太一郎が土器を投げ込んだ。口から油が垂れる。

「火だ、打て打て！」

火矢が怪物の顔に当たる。太一郎はちゃんと備えていてくれたのだ。怪物が叫ぶ。初めて聞く苦痛の叫びだ。

「ハナ、こいつを村から追い出すぞ！」

蓑吉はハナの背中によじ登った。手綱を打つと、ハナはいなないて前進する。


怪物は、頭を振り立てながら後ずさった。垂れたその尾を、鉈や万能を手にした村の男たちが押さえつける。歓声が上がった。

尾が断ち切られたのだ。噴き出す血はあたりに降り注ぐ。怪物自身も己の血を浴び、濡れ濡れと黒く光る。炎も消えてゆく。

何かがはぜるような音がし始めた。

蓑吉は気づいた。赤く爛《ただ》れ、黒く焦げたその背の斑《まだら》模様がうごめいている。

剥けているのだ。血の降りかかったところから、どんどん剥がれてゆく。そして新しく、鉄のように黒い、新たな鱗が現れた。同時に身体の形も変わってゆく。ハナのいななきにたじろいで、立ち上がった後脚はがっしりと、頭は細く、胴もひき締まってゆく。ちらりと見えた舌も二股だ。別物になっている。怪物は確かめるように、三本の鉤爪を動かした。かちり、かちり。

その場に凍りつく名賀村の人びとの眼前で、怪物はあたりを睥睨《へいげい》した。その動きが長橋家の前のかがり火の前で止まる。

怪物の咆哮が轟いた。同時に長橋家が燃え上がった。

次にこちらに向き、松明を持った男に吠える。松明の火がたちまち男を飲み込んだ。

怪物は、燃える息を吐いているのだ。

燃え広がる炎に、ハナもおびえ始めた。

蓑吉は、呆然としている加介に叫んだ。

「加介さん、溜家へ行こう！　早く！」

戸板を手放し、駆け寄ろうとした加介の足元に、龕灯《がんどう》がひとつ転がってきた。

怪物がこちらを見返る。

ひりひりとした呼気が吹きつける。蓑吉は叫んだ。加介も叫んでいた。炎に包まれて。その両手が空をつかみ、くずおれる。

ハナが炎から身をかわし、地面を蹴った。

「火を消せ、火種を消せぇ！」

太一郎の声が遠ざかる。

蓑吉はハナの首にしがみつく。

涙が流れ落ちる。

顔が痛い。

右目が開かない。

加介が。

加介が遠ざかる。

「どう、どう、止まれ！」

手綱が乱暴に引っぱられた。旅装束の老いたお侍だ。後ろを振り返り、呼びかける。

「ささ、お乗り下され。一ノ姫様も」

蓑吉は引きずり下ろされ、殴られた。

「控えぬか！　ここにおわすは御蔵様、大井竜崎家の音羽様とご息女の一ノ姫様だ」

激しい破裂音。火の色が森に透けて見える。ああ、名賀村も燃えている。まただ。

食い止められなかった。地べたに平伏した蓑吉は、怒りと悲しみに押し潰された。そのまま泣いた。拳で地面を叩いて号泣した。その肩に柔らかいものが触れた。

「どうしてなくの」

幼い女の子だ。

奥方様も来て、蓑吉の前にしゃがんだ。

「許して下さいね。私たちは馬とも他の供の者ともはぐれてしまったの」

音羽たちは溜家へ逃げる途中だという。きっと太一郎が勧めたのだろう。そうだ。

「おいらも溜家へ行くんです。こっちだあ」

泣いている暇はないんだ。音羽と一ノ姫をハナの背に乗せ、蓑吉は手綱を取った。

からん、からん。道の前方から音がする。近付いている。加介が仕掛けた鳴子だ。怪物が先回りした？　蓑吉は身構える。

淡い提灯の明かりと足音。厩番と馬だ。

馬は三頭、鳴子がついたままの縄で繋がれてやって来る。厩番の脇にはじいがいた。

「どこさ行くんだ！　村は危ねえ！」

蓑吉が駆け寄ると、厩番は涙目だ。

「せっかく溜家まで逃げたのにい、じいが馬と一緒に行くと言ってきかんでえ。じいはあのけだものを追っ払えるちゅうがあ」

じいは蓑吉に目もくれず、懐手でゆらゆら坂を下ってゆく。怪物を…追っ払える？


蓑吉は厩番と役目を交代すると、三頭の馬を引いて、慌ててじいに追いついた。じいの足跡に何か滴っている。血だ。

「蓑吉かあ……。心配ねえ。わっしは心得とるでえ。このためにここに居たでなあ」

じいはようやく蓑吉に気付いて、うっすら笑った。村から煙が流れてくる。馬たちを懸命に宥めながら蓑吉はついて行った。

村の中央の家々は大方焼けていた。

煙の向こうの黒い背中が鳴子の音に振り向いた。馬たちに気付いたのか、後ずさる。

「蓑吉、そこにおってくれろ」

じいは言い残し、前に出た。怪物が喉を鳴らし、こっちに首を伸ばしてきた。

じいは肌脱ぎになり、両手を高く掲げた。

「つちみかどさまあ」

初めて聞く、じいとは思えない通る声だ。そして、腹と両手にくっきりと刻まれた傷。

見覚えのある図柄だ。お山番の半纏についていた。あれは、瓜生のお殿様の家紋だ。

「お静まりくだされえ。つちみかどさまあ。どうか、お山にお帰りくだされえ」

じいは怪物に歩み寄る。怪物はじいを恐れるようにいやいや後退してゆく。じいは前のめりに倒れ、その血が怪物にかかった。

ぐろろろろお！

奇妙な悲鳴をあげて、怪物は逃げ出した。

木立ちをへし折って、悲鳴が遠のいてゆく。蓑吉は我に返り、じいに駆け寄った。

「じい！　じい！」

あちこちで人びとが怪我人を助け、火を消し始める。太一郎が来て、じいを抱えた。

「わっしは、もとは…瓜生の者だあ」

蓑吉が止めるのもきかず、じいは話す。

「これがお役目だったで…。つちみかどさまが国境を越えちゃ、なんねえからなあ」

尽きたかのように、血も止まってくる。

「わしらあ罰当たりだ…お山で…つちみかどさまをこしらえて…竜崎の殿様がおっかなくてこしらえたんだのに…」

「じい、どうやったらあいつを倒せる？」

じいにはもう太一郎の言葉も届かない。

蓑吉の手も、もう握り返してはくれない。

「…どさま…なして目え覚ましなすったあ」

最期に詰るような口調。じいは事切れた。

「「土御門」てえのは土で作ったお雛様だ」

太一郎は呟いた。そして蓑吉を見た。

「…おれら永津野の衆を喰らおうと暴れとるんだあ。香山のやつばらに操られて」

冷たい目だ。蓑吉は太一郎を揺さぶった。

「違う！　太一郎さん！　おいらの村も、香山の衆もあいつに喰われたんだよ！」

太一郎の口の端が歪む。

「知るか。自業自得だ。ざまあみろだあ」

その時、焼け跡と瓦礫のなか動揺が起こり、煤だらけの女が駆けてきた。おせんだ。

「太一郎さん！　あれ見て。何だろう」

　おせんは蓑吉とじいに気付くと、じいにすがりついた。蓑吉はいたたまれなくなって、太一郎の見ている方を見た。白みかけた東の道に、灯が並んで近づいてくる。

「ああー…御筆頭様がおいでになった！」

　太一郎は狼狽している。また御筆頭様だ。

　おせんが蓑吉に説明してくれる。

「御筆頭様というのは、曽谷弾正様。小台様の兄上様なんだよ。怪物に襲われたおらたちを助けに来てくだすったんだよ！」

「いや、城下に使いは出してねえ」

　太一郎が頭を抱える。奥方様は、御筆頭様が組んだ一ノ姫の縁談が意に染まず、小台様を頼って逃げて来たのだという。奥方様の頼みで城下には知らせなかったのだ。

「奥方様と姫様は溜家へおいでだよなあ」

　太一郎は蓑吉に訊いた。無事なはずだ。

　やがて先触れの野太い声が響いた。騎馬隊が名賀村に入ってくる。見覚えのある紋が蓑吉の左目に入る。あの旗印の牛頭馬頭たちから、おいらは何度も隠れたのだ。

　生き残りの村の人びとがその場で平伏する。太一郎も、おせんも。だが蓑吉は見た。隻眼《せきがん》の、漆黒の侍が馬から降りるのを。

「北二条の仁谷村、か」

溜家の土間で、蓑吉は後ろ手に括られていた。太一郎とおせんも縛られ、頭を垂れている。香山の者を匿っていたから、蓑吉と同じ扱いを受けているのだ。

これまでの経緯はすべて白状した。朱音のことも、じいの最期の様子も。

以来、曽谷弾正は行ったり来たりしながら考え込んでいる。

「左《さ》平次《へいじ》、隊を二つに分けよ。一隊はここの守りを。一隊はわしが率いて香山に入る。さらに城下から援軍を請う。早馬を出せ」

「では御筆頭様自ら朱音様の捜索にあたられるのでございますか」

「朱音なら生きておる。わしにはわかる」

弾正の足が蓑吉の正面で止まった。

「小僧、お前の村の近くには妙高寺という寺があるだろう。我らの道案内を務めよ」


「その前に、じいを葬らせてくれ。おせんさんと太一郎さんの縄をといてくれ！」

途端に、蓑吉は左平次という副官に張り飛ばされた。弾正は構わず続ける。

「寺を足場に、我らは怪物を追い、捕まえる。あの怪物は、使いようによっては大砲よりも頼もしい武器になる。そこの死んだじじいの言によれば、件の怪物は永津野竜崎にたいする呪詛の塊だというではないか」

弾正はじいの亡骸に歩み寄ると、馬の鞭で筵《むしろ》をめくった。じいの掌が現れる。

「瓜生に造られた怪物は、瓜生の家紋を畏れる。しかし永津野の者には骨まで喰らおうと襲いかかる。それを利用するのだ」

弾正はひとり冷酷に笑った。

「音羽を連れて行く。竜崎氏の古き血を継ぐ娘。あれこそ怪物の餌にはもってこいだ」

全員が息を呑む。副官の顔色も変わった。

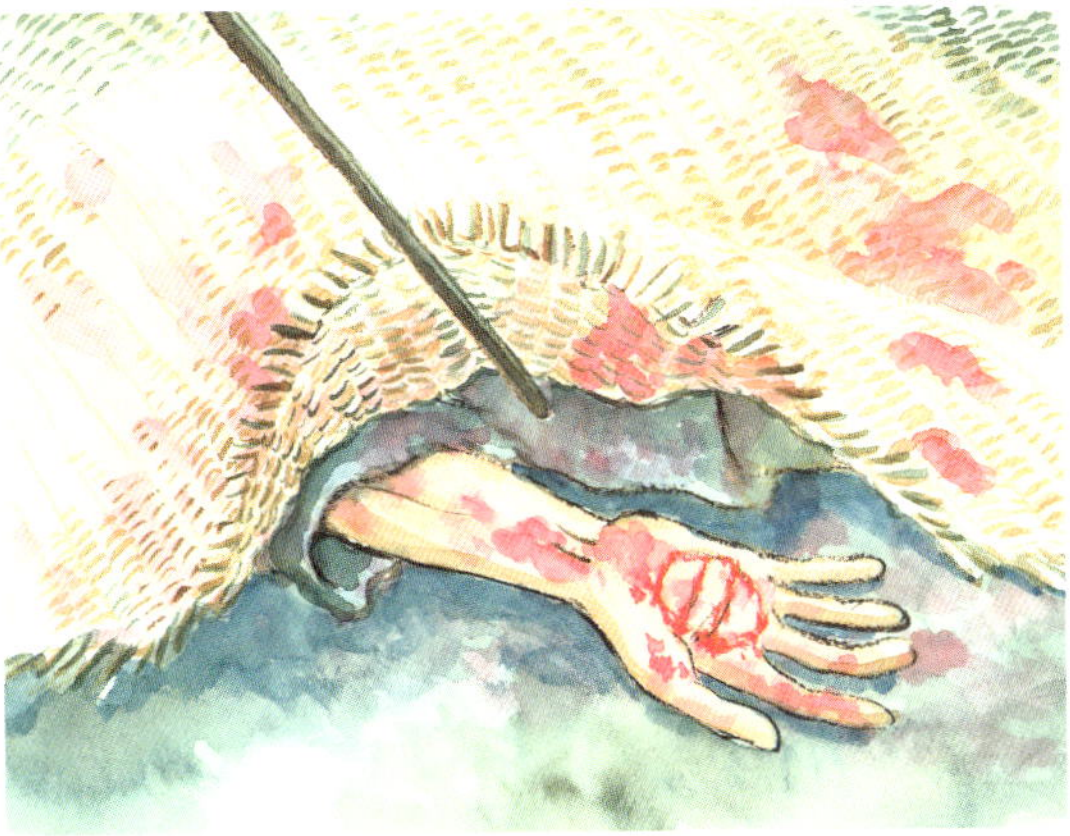

「御筆頭様の奥方様にござる！」

「音羽は既にわしの妻ではない。わしの意に逆らい、逃亡を図った反逆者であるぞ」

副官も、居並ぶ牛頭馬頭も、たちまち平伏する。そうだ。曽谷弾正は逆らった妻子を追いかけてここに来ただけだったのだ。

「そげな畏れ多いことお、なさってはいけません。怪物の餌なら、おらがなります」

太一郎が、弾正の足元にいざり寄った。


「左平次、斬れ」

白刃が閃《ひらめ》き、血が飛び散った。太一郎が倒れ込み、おせんが叫んで逃げようとした。副官は咄嗟におせんに血刀を向ける。蓑吉はおせんに体当たりして、背でかばった。

「お許しを、道案内でも何でもします！」

蓑吉は、牛頭馬頭たちと溜家を出発した。荒縄で縛られた音羽を馬に乗せて。裏庭に、音羽の家来の骸と、姫様の泣き声を残して。

十八　明念和尚

山の洞窟で夜明けを待ち、直弥、やじ、金治郎、圓秀、朱音は妙高寺を目指して出発した。朱音と金治郎が訝るのも構わず、直弥は圓秀を強引に連れ出した。

壊滅した仁谷村を過ぎ、険しい山を登ると、やがて山門が見えてきた。荒れてはいるが、山には似つかわしくない大きな寺だ。

金治郎が呼びかけても、返事はない。

「明念《みようねん》和尚様も、あの怪物に…」

「和尚は山だ。待っていれば戻ってくる」

やじが言う。朱音はやじに案内を頼んだ。

「墓地はどこですか。母の墓はあるかしら」

残った三人は本堂の端の一間に上がった。沈黙。金治郎は不安げに二人を見る。苦々しく睨む直弥に、圓秀は縮こまって言った。

「…嘘をついて、申し訳ありませんでした。香山から直に永津野に入れば、親しく交わった方にまでお咎めがかかると聞きまして」

文の転送を相模の養家に頼み、永津野に滞在していたのだ。親切ごかしな言い様だ。

「ではなぜ光栄寺の奉納絵馬のことを他所者の貴方が知っていたのです。なぜ伊吉に無理強いして見ようとしたのだ。菊地圓秀、貴方は香山の何を探り回っていたのだ！

　圓秀は呆気にとられたような顔だ。

「小日向様…何のお話です？　私は奉納絵馬のことは伊吉に教わり、誘われたのです」

「お堂に隠された奉納絵馬には災いを起こす恐ろしいものが描かれている、見てみたいだろう、こっそり見てみなされと…」

　今度は直弥が唖然とする番だ。

「伊吉が？　あの心の清い忠義者が」

「小日向様は、見くびっておいでなのです。あの男の阿呆は見せかけだ」

「黙れ！　香山を脅かす間者め」

　直弥は思わず腰の大刀に手をかけた。


「おやめなさい！」

　朱音が割って入り、直弥を平手で打った。直弥と、押さえていた金治郎がへたり込む。

「いったい、どういうことですの？」

　圓秀が朱音に説明する。直弥はぼうっとそれを見つめる。その言葉に、嘘はないのか。芝居ではないのか。朱音が口を開いた。

「小日向様、実は私も、少し圓秀様の素姓を疑っておりました」

「でも、怪物が砦を襲った時、番士の間に割り込んで、破れ紙にまで描こうとなさっていたのですよ。こんな分別のかけらもないお人に、間者など務まりましょうか」

朱音は小さく笑った。直弥も小さく納得する。圓秀は背を丸めて恐縮している。

「絵馬には何が描かれているのですかねえ」

金治郎が腕組みする。穢れ、祟る。世に出せば、災いが起こるという奉納絵馬。

「…まるで、あの怪物のことのようだあ」

圓秀が拳で額を打つ。こんなことなら見ておくべきだった…。朱音がまた苦笑する。

「圓秀様が、その人の誘いを断ったのが意外です。ご覧になりたくなかったのですか」

「あの場では、私は伊吉の方がよっぽど恐ろしかったのですよ」

しかし順番は逆だ。怪物が現れたのは絵馬が持ち出されるより先だ。直弥は考える。


いや、本当に逆だったのか？

伊吉なら、もっと以前にこっそり奉納絵馬を持ち出すことだってできたはずだ。圓秀に誘いをかけたのは、それが露見した時、圓秀の仕業に見せかけようとしたからではないのか。

やじが戻ってきた。直弥に頷きかける。伊織先生の助言を受け、「おろ」を採り、煮ていたのだ。一同は本堂から厨に移った。

おろの煮汁を取り分け、顔や手足に塗る。着物にも染みこませる。

戸口に影がさした。古い布を巻いた古木が佇んでいる。やじがたちまち平伏する。

「やじ、よう戻ったな」

明念和尚であった。見当もつかないほど歳を重ね、枯れている。やじが泣いている。

「おうおう、泣くな。すべては因果に過ぎぬ。この日が来たのは、誰の咎でもない」

そして明念和尚は、朱音に目を向けた。

「朱音様、…お母上に生き写しじゃ」

「私はつい昨日まで、香山の生まれであることも、何も知らなかったのでございます」

「何も知らせぬ方が貴女様のためだと、周りの者が思ったからでござりますよ」

「はい、でもこうして戻って参りました。和尚様、これも因果のなせる業なのですね」

和尚は苦しげに頷いた。

明念和尚に従い、皆で本堂に戻ると、直弥はここまでの経緯を手短に語った。怪物の騒動、三郎次の暗殺。御館町の封鎖。和尚は何を聞いても驚きを見せなかった。

「この寺には、折々に百足が出よるでの」

置家老・柏原信右衛門の百足、つまり間者だと言う。やじに支えられ、時折弱々しく咳き込みながら、和尚は話し始めた。

「瓜生氏は、古《いにしえ》の「祈る者」の裔《すえ》でしてな」

その昔、瓜生氏は、山々に働きかける術を使うことができたのだという。その術は、この土地と、呪文と、血筋の三つが揃わなくては成り立たない。とくにその資質を持つ血筋は、ある分家ひとつのみであった。この分家は、柏の葉を祈祷に用いることから、柏原瓜生家と呼ばれた。

　関ヶ原の戦役を機に、立藩を果たした香山瓜生氏は、永津野藩の侵攻を恐れていた。

兵力では永津野にかなわない。柏原瓜生氏は秘術を尽くして、怪物を作ろうとした。しかし、術は成功しなかった。

術者は、蝦蟇《がま》や蛇の贄《にえ》を土の塊に捧げた。ついには家中の武士の命をも、募っては捧げた。しかし、いくら捧げても「つちみかどさま」には命が宿らなかったのだ。

　責を負い、時の柏原瓜生の当主は切腹し、醜い土の塊は、大平良山に埋《い》けられた。

一族は瓜生の姓を捨て、術を捨て、臣籍に下った。それが今の置家老の柏原家だ。

　術者の素質を持つ者が誕生する際には、大平良山の頂上に雷光が閃くという。

　市ノ介と朱音は、術を捨てて数十年を経た柏原家に、雷光と共に生まれ落ちた。双子であることも、いっそう恐れられたのかも知れない。婚家を出た母と共に、この妙高寺で暮らすこととなったのだ。

妙高寺は、生け贄となった武士たちを供養するために、柏原氏によって建てられた寺だった。やがて母が亡くなると、二人は遠く上州の自照寺に移された。

　その後は女の子が雷光と共に生まれたが夭折したという。それから十数年、お山と家を繋ぐ力も切れた、かのように思えた。

「和尚様、なぜでございましょう。百年以上も前の呪詛が、なぜ今になって…」

「私どもが何か間違いをおかし、怪物を呼び覚ましてしまったのでしょうか」

朱音は声を震わせた。金治郎は呟いた。

「私らのお、山作りがいかんかったかなあ」

「いや違う、三郎次様が殺されたからだ」

直弥は言った。瓜生家の危機に目覚めたのだ。明念和尚はゆるくかぶりを振った。

「つちみかどさまは、ただ時満ちてあのお姿になり得たから現れた。それだけです」


柏原の術は、お山の力を借りる。失敗したかに見えたつちみかどさまは、お山に抱かれ、経る歳月によって、命を得ていったのだ。その証拠に、狩人たちは和尚に話していたという。折々に響くその大鼾のことを、吹きつける生臭い吐息のことを。

「あのお…では光栄寺の奉納絵馬とそのつちみかどさまは関わりはないのでしょうか」

妙に飄々《ひょうひょう》とした圓秀の声がした。

「はて、奉納絵馬とは」

怪物を封じるものではなかったのか。

「迂遠《うえん》な願などかけずとも、つちみかどさまを鎮める呪文はここにある。父と愚僧が伝えて参った。しかしこれを使えるものは柏原の血筋、術者の資格を持つ者のみです」

「それは、私のことでございますね」

朱音の声に頷き、和尚は破れ衣を脱いだ。背中一面にびっしりと文字が書かれている。

漢字のようで違う、不思議な文字だ。己の死の後にこの呪文が必要になる日が来るかと思えば死ねぬ。和尚は死ぬことも許されず、生き続けたのだ。やじが言った。

「おれが、継ぐと言ったのに」

突然、場を圧する声音が響き渡った。

「話は済んだようですな」

いつの間にか本堂は漆黒の武士に取り囲まれていた。隻眼の武士が一歩前に出た。


「和尚、お久しゅうござる」

曽谷弾正は、朱音に近づいて、言った。

「我らの背負う業ならば、わしはとうに聞いておる。十六で上州を離れた時にな。しかし、お前にたかるこの虻侍《あぶざむらい》はどこの誰だ」

直弥は刀に手をかけ、躍り上がる。牛頭馬頭が直弥に斬りかかる。銃声が轟いた。

本堂脇の戸口にも男が二人、立っていた。

「朱音殿、ご無事でよかった」

十九　弾正

妙高寺の荒れ放題の境内の木に、蓑吉は蓑虫みたいにぶら下げられている。

曽谷弾正と牛頭馬頭たちは寺の本堂を囲んで、しばらくして中に踏み込んでいった。音羽様は僧房の方に連れて行かれた。

辺りが静かになったと思ったら、今度は藪を掻き分けて二人出てきた。

じっちゃだ！　それに宗栄様！　二人とも生きていた。なして一緒にいるんだ？

「ぼっこ、おまえ何をしたがあ」

その時、頭の上から誰か呼びかけてきた。

「誰だ。助けてくれろ！　また牛頭馬頭が来たら、おいら斬られちまうかもしれねえ」

「そいつあ気の毒だなあ。まあ見ろ」

場違いにのんびり言うと、男は木の葉を大きな手でよけて、ぬうっと顔を出した。

「なかなかの見世物だあ。これから面白くなりそうだでえ。…おんや？」

本堂脇の格子戸が開いて、人が出てきた。じっちゃ、宗栄様、庄屋様、若いお侍と、もう一人。みんな縛られ、数珠つなぎで引っ立てられ、僧房の方へ曲がっていった。

「ぼっこは北二条の者かあ。荒れた仁谷村で、大けな足跡を見たが、ありゃ何だあ」

「怪物だよ！　人を喰って暴れてるんだ」

「待っとれ。ちっと様子見てくるで」

男は木を飛び下りた。もう姿が見えない。

朱音は激昂し、兄に飛びかかろうとして、やじに押さえられた。多勢に無勢、宗栄たちは押さえつけられ、縛られて連れ出されてゆく。宗栄は目顔で朱音に微笑み、頷いていた。お互いここまで生き延びた。まだ何とかなる。何とかします。
　その後の弾正のもくろみに、朱音は耳を疑った。音羽を囮《おとり》に怪物をおびき出し、我ら選ばれし双子が呪文で迎え撃ち、従える。

　さらに聞けば、幼い一ノ姫の縁組も既にまとまっているという。朱音は兄ではなく、牛頭馬頭たちに向き直った。

「あなた方は、それでいいのですか。竜崎家の娘を怪物の贄にし、幼子《おさなご》を人質同様に嫁がせる。それが永津野の正義なのですか」

　副官・左平次が目を伏せた。弾正が叫ぶ。

「佞臣《ねいしん》に横領された領地を取り戻すことの何が悪い。それで永津野の戦は終わるのだ」

「兄様は、ご自分の栄達のため永津野と香山の不幸な過去を利用しているだけです！」

　弾正はきつく口を結び、目を尖らせる。

「栄達？　くだらぬ。わしは浪人者のままでもよかったのだ。ただ、瓜生と柏原の者どもを根切りにすることがかなうならば！　他ならぬお前に、何故それがわからない！」

　家を追われ、母は悲嘆の末病死した。人生を奪われたのだ。百年前の怪物のために。

　兄は、恨んでいるのだ。
「しかし、つちみかどさまは本当にいた。今になって目覚めた。何故だと思う？」
　弾正の隻眼に、鋭く喜色がうかぶ。
「わしやお前、無念の人生を歩まされた柏原の術者たちの恨みが通じ、今遂に満ちたからだ。ここには明念和尚の呪文もある。わしらが呪文を唱えれば怪物を鎮めるばかりか、自在に操ることもできようぞ！」

　朱音は思い出す。永津野の砦の客間に、香山の方角に掲げてあった「報恩」の軸。あれは「報復」を意味していたのだ。そのたった二文字が、兄の心の目を塞いでいる。

「この難物を平らげたその後には、民を喰われ村を焼かれるままに放置していた瓜生の失策が咎められることとなるだろう。それをきっかけに香山を取り戻すのだ」

「ご公儀がお許しになるとは思えません」

「ふん。公儀の腹の内など先刻承知だ」

朱音ははっとした。すでに永津野藩では香山藩併呑の根回しが進められているのか。一ノ姫の縁談も、公儀のご機嫌とりの策の一つなのかも知れない。弾正はさらに言う。

「この騒動の間じゅう、瓜生久則は御館町を閉ざしておる。側室の子の弔いのためだ」

小日向直弥様の言っていたことだろうか。間者を放ち、香山の内情もお見通しなのだ。

「…この呪文は、唱えるものではない」

明念和尚が、低く呟いた。

「術者がその身に記し、つちみかどさまに喰われることによってのみ、効力をあらわすものなのです」

朱音と弾正は声を失った。和尚は続ける。

「夜更けに鐘楼の四隅にかがり火を焚けば、立ち上る温気が屋根に施された透かし彫りを通り抜け、独特の音を生じます」


「すると山の中に置かれた鐘が共鳴し、怪物はその音に誘われ、妙高寺にやって来る。その時、術者は自らの肉を捧げて、つちみかどさまの心となる。そして初めてつちみかどさまを鎮め得るのです。おわかりか」

朱音は思い浮かべる。己の抱く不穏な秘密をつゆとも知らず、移る雲を、落ちる雨を、照らす陽を眺め、ひとり歳月を重ねた大平良山の懐の鐘。まるで、私のようだ。

「お二人のどちらかに、この呪文のための贄になっていただかねばならぬ」

　その言葉に、弾正は大刀を抜き放った。

「愚僧の命なら差し上げましょう。しかしここで息絶えれば、背中の呪文も消えます。これは人の生気によって永らえ得るもの」

　左平次が割って入る。和尚を睨み据えたまま、弾正は刀を戻した。やがて言った。

「増援の到着を待って、かがり火を焚く」

「百年前の言い伝えなど、あてにならぬ。贄には、すでに呪文を宿している和尚になっていただこう」

　飛びかかろうとするやじを朱音は制した。

「兄様、私が贄になります。それほど命が惜しいなら、隠れて震えておられるがいい」

　弾正は朱音を手の甲で張り飛ばした。

「…しかし、術者の力を持たぬ贄で、呪文が効かなかったら、いかがなされる」


　なるほど。弾正は牛頭馬頭を振り返った。

「久松、和尚を取り押さえよ。小十郎、矢立を持て。左平次は、音羽をここに！」

　左平次は棒立ちになった。

「何をしておる。あれに呪文を写すのだ」

　左平次は凍ったように弾正を見つめる。

「……それがしの背をお使いくだされ」

　言うなり座し、胴当ての紐をほどき、着物の前をはだけた。弾正も隻眼を瞠る。

「小十郎、早く呪文を写せい！」

　副官の命令に、しかし小十郎は応じない。矢立の筆を手に、和尚の背の前で、小さく口元を動かしている。和尚が声を振り絞る。

「いかん、この者に呪文を読ませては！」

　小十郎が悲鳴をあげた。その口元が黒く変色している。やがて顔全体に黒い文字が浮き上がり、喉に頭に、小十郎の体を焦がしながらみるみる広がっていった。

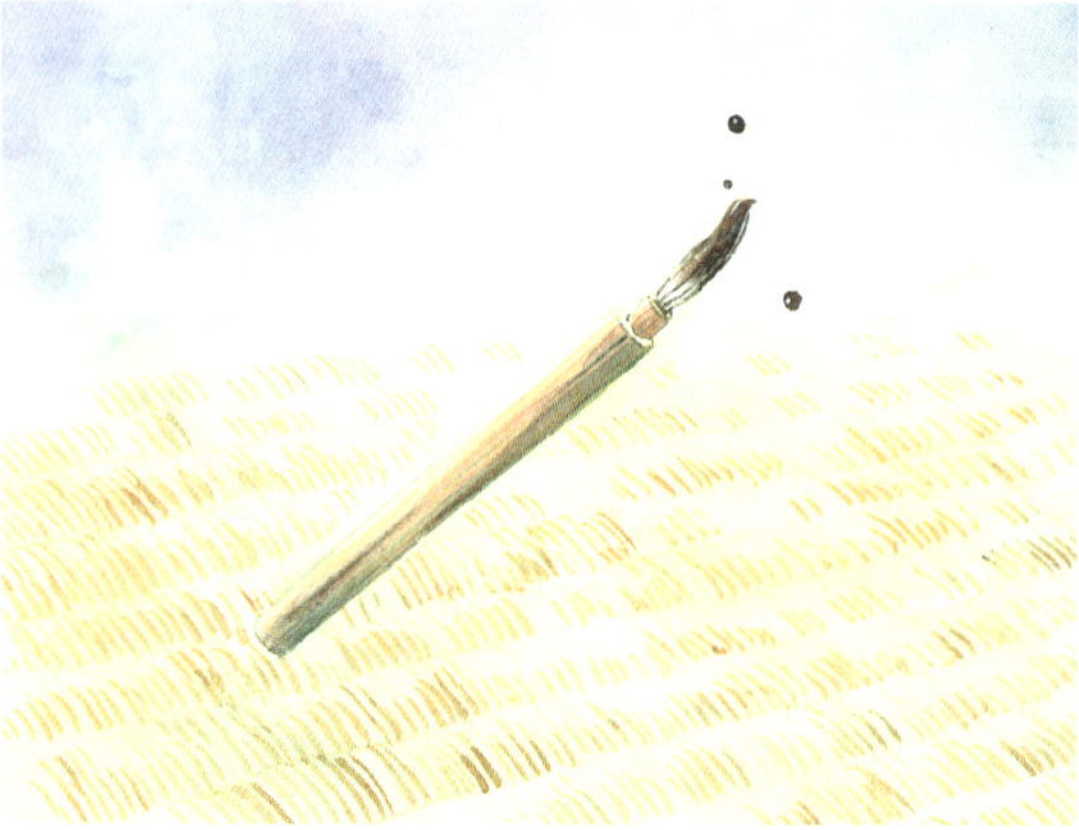

「痛い、痛い、痛いいいい！」
　転げ回るその黒装束の下で、小十郎の身体は、文字に焼き尽くされていった。
　気づけば、朱音は弾正の背にかばわれていた。刹那、十六のあの夜の兄をふと思い出し、朱音は胸が詰まった。
「この呪文は鏡文字です。それと分かれば誰にでも読めますが、心弱き者が読めば、あのように魅入られ、焼き尽くされまする」

　一同が沈黙する中、左平次が声をあげた。

「御筆頭様、かくも胡乱な呪文に頼るのは、お考え違いでござる！　我らに真の武勇をお見せする千載一遇の好機をお与え下され」

　弾正は、投げ捨てた馬鞭《ばべん》を拾い上げた。

「うむ。お前の言うとおりだ、左平次。まず怪物を迎え撃つ支度を調えよう」

　結局、まともに戦うというのだ。朱音はうなだれる。これでは砦の二の舞いだ。

弾正の指図で、和尚とやじと離され、朱音は左平次に僧房へ連れてゆかれた。左平次は無言だ。馬の声が近くなる。それに混じってか細い泣き声が聞こえて来た。

「音羽様！」

朱音は音羽のいましめを解きにかかる。左平次は見張りを追い払い、片膝をついた。

「かの怪物は、馬を恐れるとか。ゆえに畏れ多くも馬と同じところに押し込め申した」

左平次は朱音に経緯を語った。名賀村の惨状、じいの最期。じいは、つちみかどさまを知っていたのだ。朱音の目から涙が溢れた。私も、なすべきことを果たそう。

「左平次様、音羽様を一ノ姫のもとへお返ししましょう。そのためにも私を手伝ってください。和尚の呪文を、私に写します」

「しかし、あの呪文を写せる者は…」

朱音は言った。

「私に、心当たりがあります」

二十　百足

僧房の反対側の端で、小日向直弥はもがいていた。悔しいが、逃げようがない。
「お武家様、そう暴れんでくだされや」
源一がしらっと諭す。この男、鉄砲を奪われて、牛頭馬頭に殴られてもけろっとしていた。宗栄という素浪人も、あろうことか繋がれたままごろ寝を決め込んでいる。
金治郎と圓秀は疲れ果て、黙り込んでいる。何とかこの二人は逃がしてやりたい。

「怪物が来るってのに、えらい眺めだあ」

頭上から呑気な声が聞こえてきた。

「伊吉！」

直弥と圓秀が同時に声を上げる。なぜそんなところに。やはりこの男は…。宗栄があくびしながら、むっくり起き上がる。

「おまえさん、間者か。この事態にそこから覗いているということは、永津野の間者じゃなさそうだな。公儀の手の者か」

伊吉は、ひらりと天井から降り立った。

「伊吉、この人たちの縄を解いてくれ」

急き込む直弥の顔を、伊吉はじっと見る。

「…おらはもう、寺男の伊吉じゃねえだ」

「私はいい。ここで戦う。しかし金治郎と」

圓秀が直弥を遮った。足を見せて言う。

「もう山道は歩けません。金治郎さんの足手まといになるだけでございます」

「そうだな。怪物退治の隙に何とかするさ」

宗栄が大ざっぱに言う。金治郎の縄を解くと、伊吉は腰の竹筒を渡した。水だ。

「村に戻り、何とかこのことを御館に報せてください。高羽殿に会えるといいのだが」

伊吉は外の様子を窺い、板戸から金治郎を逃がすと、直弥たちの縄を解き始めた。

「伊吉…なぜお前はここにいる？」

「…おらの香山での用はもう済んだがあ」


「けんど、北二条に獣が出たというから、江戸へ帰る前に確かめに来たんだあ。無体《むたい》に狩ったら「生類《しょうるい》憐《あわ》れみの令」に触れるかもしれねえでな」

「あの怪物はお犬様とはわけが違うぞ」

「それは、お上のご裁断によるだあ」

そこで圓秀が問うた。

「香山での用というのは、光栄寺の六角堂に隠された奉納絵馬に関わることですか」

「あんたのせいで疑われた。私は面目丸つぶれだ。いったい何が描かれていたのです」

伊吉は申し訳なさそうに苦笑した。

「…毒薬の調剤法だあ。かんどりそっくりの症状の。ありゃあ便利なもんだなあ」

直弥は理解の雷に撃たれた。三郎次様の二度目の患いは、その毒薬のせいだったか。

「盗みに来た奴は、斬りかかってきたから返り討ちにして、埋めたがあ。気の毒に」

「あの絵馬は、とうの昔に柏原信右衛門が六角堂から持ち出していたとも知らずなあ」
「柏原殿が？　なぜ」
「そりゃあ帰って聞くといい。…生きて御館に戻れればな。あいつに限らず、香山はここ数年は永津野の間者だらけだあ。あのおかめの女中っこを怪物に喰わせねえように、ここで踏ん張ってくれよ。小日向さん」
床板を持ち上げ、伊吉は下に消えた。

陽が西に傾く頃、二十騎あまりの牛頭馬頭の一隊が、妙高寺に到着した。

頭上で木の葉の音がして、男が戻ってきた。懐から包みを出して広げる。餅だ。

男は餅を蓑吉の口に入れながら、本堂と僧房の様子を話して聞かせた。

「ありがとう。じっちゃも宗栄様も、縄を解いてもらったなら、きっと何とかするよ。…だけどあんた、誰なんだ？」

本堂から曽谷弾正が現れた。途端に牛頭馬頭たちが活気づく。鉄砲や槍が並ぶ。

「あんなの、何にもならねえ。無駄だよ」

「ふうん。怪物ってのはそんなに凄いのけ。おらも、焼け跡や骸の山は見たけんど…」

蓑吉の中に恐怖が蘇る。男は蓑吉の肩を抱いた。そして腰の藁細工を見て言った。

「おらはそれだあ。香山でいう、百足だよ。ぼっこの頃から御館町に潜り込んでただあ」

「阿呆のふりして、みんなにぺらぺら喋ってもらったが、優しくしてくれたお人もおったで。さっきちっとだけ恩返しをしてきた。だがこれまでだ。ぼっこも逃げろお」

「逃げねえ。奥方様を助けなくちゃ」

「そうか、奥方ならあそこ。馬と一緒だあ」

僧房を指さしたと思うと、男は消えた。蓑吉の縄も解けていた。手妻みたいだ。

「百足…？　あん人、山神様のお使いかな」


蓑吉はじわりじわりと僧房に近づく。馬の鳴き声だ。壁の破れ目からハナが見える。その時、後ろから首根っこをつかまれた。

「お前が、鉄砲打ちの孫か」

「そうだけど、あんたは誰だ。ここには女中さんはいなかったはずだあ」

「おれはやじだ。…女だと、なぜわかる」

「男の格好してても、匂いが女だあ」

「そうか。小猿、手伝え。皆を逃がすぞ」

二十一 霞の底

僧房の荒れた部屋にも西日が差してきた。牛頭馬頭も忙しそうだ。そろそろ頃合かな。宗栄は思う。源一も腰を上げようとした。

出し抜けに板戸が開いて、副官が現れた。縄が外れているのを見て一瞬眉を寄せたが、鉄砲と両刀を源一と直弥に返し、言った。

「この先は永津野番方衆の戦だ。去れ」

「弾がねえ。火種も火薬袋も」

源一が口を尖らす。直弥は一礼する。

「事ここに至って、永津野も香山もない。私も怪物との戦いに加えていただきます」

宗栄も言った。

「我々だけで逃げるわけにはいかないな」

返事がない。副官は圓秀を見ていた。

「絵師、来い。小台様がお呼びだ」

圓秀は驚いている。宗栄が立ち上がった。

「よし、私も行こう」

「おぬしに用はない！」

「じゃあ、大声を出そうかな」

副官は怒りに蒼白になった。どうやらこの副官の行動は、御筆頭様とは意を異にするようだ。宗栄の読みは当たった。

「源じいは消えたか。小日向さん、今しばらく、皆で囚われている芝居を頼みます」

「わ、私一人で？　どうやって」

三人は忍び足で廊下を急いだ。にわか厩の隅で、朱音は女人の肩を抱いていた。

朱音は女人を副官に託し、宗栄と圓秀と隣の物置に移った。朱音は微笑もうとした。

「これから、ここで秘事を行うのです」

朱音は語った。出生の秘密と「つちみかどさま」を鎮めるためになすべきことを。

圓秀の手に、手を置いて、朱音は迫った。

「圓秀様、お願い申し上げます。文字を文字とも思わず、和尚の背の呪文を、私の背に写すことが、貴方ならできますね？」


圓秀は奥歯が鳴るほど震えている。宗栄もしばらく呆然とし、やがて正気に返った。

「怪物の贄になるなど…正気ですか」

「はい。それが私の役目なのです」

朱音は宗栄に、今度は本当に微笑んだ。

「私も救われます」

「何から？　また兄上の罪科《つみとが》ですか！」

「いいえ。私も兄も、罪人なのです」

――俺にもお前にも、味方は一人もいない。

兄が別れを告げに来た十六の夜。私は流されたのだ。兄に。あまりに寂しい運命に。

「私は、兄と間違いをいたしました」

それを忘れることもできなかった。だから兄に招かれ永津野に来てしまったのだ。

「つちみかどさまは兄と私の生家、柏原の術が生み出したもの。兄と私と同じ血を継いだ子。私が母として鎮めるべきなのです」

詭弁《きべん》だ。だが宗栄には抗弁できない。

「かしこまりました。小台様。この菊地圓秀が、お役目をお引き受けいたします」

そのためには手と顔を洗い、心を鎮めねばならない。圓秀は素早く立ち去った。

宗栄は朱音と二人になった。

「溜家での日々は楽しうございましたね」

宗栄はただ、頷いた。

「でも宗栄様、貴方は何者なのですか。香山の間者では、と囁く者もおりましたのよ」

「私は江戸の貧乏御家人の次男坊です」

昨年の秋、兄が癇癪《かんしゃく》で下男を手討ちにした。遺髪を届け、詫びようとその男の里へ行ったその帰り、永津野に寄ったのだった。

「もっと早くに旅に出て、行けばよかった。上州の山寺に。貴女が十六になるその前に。そして、貴女を連れ出せばよかった」

「そのお気持ちだけで私は充分に幸せです」

宗栄はたまらず、朱音を強く抱きしめた。

朱音も宗栄の胸にすがりついた。

「宗栄様、お願いがございます。私があのつちみかどさまと一つになったなら、必ず、必ず倒してください。兄に利用される前に」

宗栄に、もはやほかの返答はなかった。

「承知しました。この榊田宗栄、命に代えても貴女とのお約束を果たします」

二人の時はそこで尽きた。仕切りの板戸が鳴り、ひょいと蓑吉の顔がのぞいた。

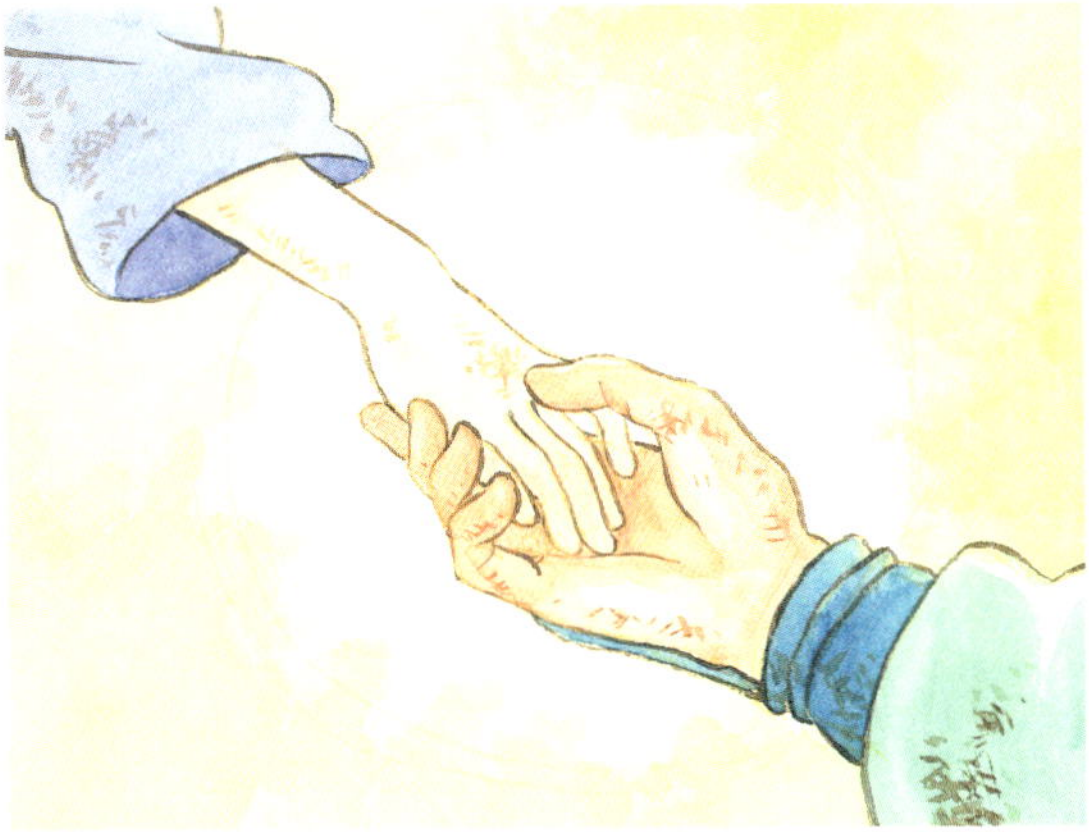

続いてやじと副官・左平次が入ってきた。

「お支度はよろしいか」

左平次は明念和尚を背負っている。事情をわかり合う前にひと揉めしたのか、左平次の頬には傷があり、やじが気まずそうだ。朱音は思わずほほ笑んだ。

「朱音様、もうすぐお山を降りられるね」

蓑吉が明るく言う。朱音も弾んで答えた。

「うん！」

二十二　荒神

　また夜になり、やじと蓑吉は妙高寺本堂の屋根にいる。境内のそこここに松明が置かれ、真っ暗なのは鐘楼だけだ。

　じっちゃは近くにいるようだ。さっき牛頭馬頭たちが火薬袋の数が合わないと騒いでいた。じっちゃがくすねたに決まってる。小日向様と宗栄様は、まだ囚われたふりをしている。奥方様の泣く声はやんだ。朱音様は、弾正と少し話して僧房に戻った。

　あと、絵師だという人が、朱音様のいる物置から出てきて、倒れた。左平次が引きずって、ハナの足元に放り込んでしまった。

「小猿、用意はいいか」

「あんたの合図で、ハナに奥方様を乗せて森へ逃げればいいんだろ」

　森に逃げ込んだら、まっしぐらに山を下りる。御館町では町の門番に、高羽甚五郎殿か岩田寮の大野伊織先生にお取次を願う。

曽谷弾正の声が聞こえてきた。牛頭馬頭たちを鼓舞している。やじが低く言った。

「始まるぞ。この先は何があっても、何を見ても、邪魔してはいけない。言いつけられた通りにする。それがお前の役目だ」

鐘楼を松明が巡り、四隅のかがり火が次々と燃え上がる。弾正たちは騎乗している。

やがて、鐘楼から不思議な音が聞こえてきた。高く、低く、うねるように。

牛頭馬頭が二人、鐘楼へと進んできた。一人は明念和尚を担ぎ、一人は打ち掛けを被った奥方様を引っ立てている。
和尚は力なく前のめりになっている。死んでいるのかも知れない。奥方様はぎゅっと打ち掛けを握って、丸く屈んでいる。
森の奥から、答えるようにもうひとつの音色が響いてくる。
呼んでいる。

真っ黒い影が流れてきて、起き上がった。鞭が空を切るような音がする。あいつだ。舌なめずりしているのだ。

「射よ、射よ、射よ！」

掛け声と共に、矢が、礫が、飛んできた。境内の立ち木から、投網が飛んだ。

怪物は、鉤爪であっさり投網を断ち切った。そして、牛頭馬頭たちを睥睨した。

その時、奥方様が立ち上がった。

違う。奥方様ではなく、朱音様だ！

「さあ行け！　奥方様はハナに乗せてある。ハナを引いて森へ逃げろ」

「いやだ！　朱音様を助ける！」

やじの命令も聞かず、蓑吉は本堂の屋根から転がり落ちた。曽谷弾正が叫んでいる。

「朱音、そこで何をしている！　戻れ！」

牛頭馬頭たちも凍りついている。

朱音様は微笑んで、何か歌っている。

あの歌が、呪文なのだろうか。

朱音は肌脱ぎになり、両腕を怪物にさし伸べた。背中に描かれた文字が踊っている。

「つちみかどさま」

朱音の身体がふわりと浮いた。

「さあ参りましょう」

不思議そうに首をかしげ、怪物は口を開く。朱音は頭から、口の中に消えてゆく。

怖がらないで。


私が、あなたの心になる。

朱音を呑み込むと、怪物は胴を震わせ、苦しみはじめた。

怪物の額の真ん中の鱗が剥がれ、白い点が現れた。鱗が剥がれ、白い皮膚はだんだん文字をなし、怪物の体を駆け巡り、広がってゆく。

誰に聞かされずとも、世を憚《はばか》って生きねばならぬ身の上なのだと、私は知っていた。

父を知らず、母を悲運のうちに亡くし、よるべなく寺の片隅に歳月を重ねた日々。たった一人、その宿命を分かち合った兄が別れを告げた時、私は望んだのだ。

誰か、誰か。どうか、私を独りにしないで。生まれておいでと。

つちみかどさま。

あなたにはそれが、聞こえたのね。

ほら眼を開けて、ご覧。

まばゆいこの世界を。

血を分けた、いとしい兄様を。

「朱音よ、…これが我ら兄妹の運命《さだめ》か！」

弾正が魅入られて、怪物に歩み寄る。生まれたばかりの黒い瞳で、怪物は弾正を見つめる。そして口を開き、呑み込んだ。

運命。

呪わしい運命。

いや、選ばれし運命だ。


この恐ろしい力を操り、この地を、天下を統べることもできようぞ。

怪物が叫んだ。足先から、怪物の体に鱗が蘇りはじめる。宗栄が叫ぶ。

「いかん、早く倒さねば！　あれが朱音殿の心を持っているうちに倒すのだ」

背中側の首の付け根に、鱗が生じては消える。心がせめいでいる。そこか急所は。

「源じい！　首を狙え！」

鉄砲の音が響いた。

肩に血がしぶき、怪物は鐘楼の屋根に倒れかかった。牛頭馬頭も発砲した。

いいえ。私はもう兄様に流されはしない。私はもう、十六のあの日の寂しい娘ではないのだから。その眼で、ご覧。よくご覧。私のたくさんの大切な人を。

「撃たないで！　あれは朱音様だ」

蓑吉は泣いていた。直弥は諭した。

「蓑吉、我々のために、朱音様は御身をなげうち怪物を鎮めようとなさっているのだ。そのお気持ちを無にしてはいけない」
矢が飛び、刃が閃き、槍が翻る。怪物の身体の鱗はしだいに消え、白い肌が血に染まってゆく。
怪物は動かなくなった。眼に涙を湛え、怪物はゆっくり周りの人びとを見回した。
直弥は宗栄に歩み寄り、自分の刀を渡した。

宗栄はその刀をとり、両手で握った。

「かたじけない」

最期に宗栄を見つめ、怪物は眠るように目を閉じた。森から響く不思議な音がひときわ高くなり、止んだ。怪物の白い身体が、灰に変わってゆく。

大平良山から風が吹き下ろしてきた。怪物の灰が、風に舞い、星空へと消えてゆく。

ふと気づくと、蓑吉の右目も治っていた。

二十三 風光る

蓑吉はハナを引いて、小平良山の山道を登っている。そこへ木陰からやじが現れた。

「けっこうな荷物だな」

ハナの背は、本庄村のみんなに託された花や供物でいっぱいだ。

明念和尚というたった一人の主を失い、妙高寺は本当の荒れ寺になり果てていた。

春の雨に洗われ、戦いの跡も消えつつある。二人は境内と本堂を手早く掃き浄めた。

本堂の裏手には小さな土盛りがあって、新しい墓標が立ててある。明念和尚の墓だ。
朱音様に写すそばから、和尚の背の呪文は消えたという。鐘楼に座らされた時には、和尚は既に息絶えていたのだった。
――呪文の力で命を繋いでいたのであって、和尚の身体はとうに力尽きていたのだろう。
宗栄様が後で教えてくれた。その宗栄様とも、あの夜、別れたきりだ。

墓標の横に、捩《ねじ》くれた藁が落ちている。

花を供えようとしたやじが拾い上げた。

「百足じゃねえかな。蛇よけの御守りの」

あいつの仕業かな。お山の神様の使いの。

蓑吉はやじに木の上の男のことを話した。

やじは険しい顔で藁の百足を検分する。

「…しかと見届けたぞ、ということか」

やじは百足をそっと墓に戻した。

ハナを繋いだまま、二人は寺を出た。

道なき道を登り、永津野領に入る。やじも場所の見当はつくけれど、見たことはないという。蓑吉は必死でついて行く。

森の木が開けた所に、鐘はあった。錆びている。押すと指がめり込む。灰のようだ。

「こんなんで、どうして鳴ったのかな」

「共鳴だそうだ。これも役目を終えたんだ」

雨が降り、風が吹き、お山の土に還る。帰り際、やじが一礼した。蓑吉も真似した。

鳥たちが囀《さえず》る。二人の周囲で風が吹いて森の木立ちが囁く。

蓑吉、蓑吉。

気づいていますか。

今、私は一緒にお山を降りていますよ。

やじ、あなたはもう自由なのです。

夭折したはずの術者の血を引く女の子を求める人は、きっともういない。私と兄の分も、しあわせになるのですよ。

ああ、ハナのたてがみに、蝶が羽を休めている。
庄屋様の枕元に、花びらが舞い込む。
音羽様の手を、小さな手が握る。

誰かの涙が、直弥様の袖に落ちる。

——有難う、生きて帰ってくださって。

誰かが、誰かに言っている。

——あれは［生類］ではございません。人の操る土くれでした。

そして圓秀様。本当に、ごめんなさい。

溜家は、今日でまた空き家に戻る。

おせんは掃除を済ませたら家に帰り、明日からは機屋で働くことになる。

山から戻ってきたのは宗栄様だけだった。御筆頭様の奥方様と番方衆と、おかしな絵師の人と一緒だった。

村人たちの弔いは、慌ただしくとり行われた。寝たきりの庄屋様の代わりに、おせんの父や村の年長者が采配した。

被害の少なかった溜家は、そのための詰め所ともなり、おせんは忙しく働いた。中でも、絵師の圓秀の世話は骨が折れた。夜昼構わず出し抜けに大声を上げ、絵を描き始める。紙がなければ壁や床にまで描いてしまう。話もさっぱり通じない。
「いいえ、いいえ。私は幸せでございます」
宙を見つめて、ぶつぶつ呟いている。

馬を休ませ、怪我人の手当てが済むと、奥方様と城下のご一同は、名賀村から引き揚げることになった。別れ際、おせんは音羽から風呂敷包みを賜った。朱音様が上州からいらした時の着物と帯だった。
　圓秀と宗栄も、城下に同行するという。
「宗栄様、名賀村にお戻りになりますかぁ」
「わからん。縁があったら、また会える。それが人の世の面白いところさ」

宗栄様、どうか。

「時が経てば、いいことも思い出せるようになる。私もそう努めるよ」

いつか私のことを、笑って思い出して。

拭き掃除を終えたおせんは、裏庭で、片付け忘れたものを見つけた。加介が物干しに打ち付けた、小さな百足だ。

朱音様と宗栄様と、じいと加介さんと、おら。そして蓑吉。楽しかった。どんなに楽しかったことか。

掌の百足が涙で滲む。

心の堰が切れ、おせんは泣き出した。

溜家の裏の森が騒ぐ。風が吹き抜け、おせんを包み込む。

おせんは顔を上げた。

朱音様だ。

あの日結った朱音様の髪の匂い。温もり。

おせん。

おせんは本当に強がりなんだから。

ほら、私の胸にいらっしゃい。

私はずっと

ずうっと、あのお山にいますよ

こうの史代（こうの・ふみよ）
一九六八年、広島県生まれ。漫画家。一九九五年『街角花だより』でデビュー。おもな著作に『日の鳥』、『ぼおるぺん古事記』（古事記出版大賞稗田阿礼賞受賞作）、『平凡倶楽部』、『この世界の片隅に』（文化庁メディア芸術祭マンガ部門優秀賞受賞作）、『さんさん録』、『夕凪の街　桜の国』（文化庁メディア芸術祭マンガ部門大賞、手塚治虫文化賞新生賞受賞作）、『ぴっぴら帳』など。

荒《こう》神《じん》絵《え》巻《まき》

二〇一四年八月三〇日　第一刷発行
二〇一四年九月一〇日　第二刷発行

著　者　こうの史代
原　作　宮部みゆき
装　丁　田中久子
発行者　首藤由之
発行所　朝日新聞出版
〒一〇四―八〇一一
東京都中央区築地五―三―二
電話〇三―五五四一―八八三二（編集）
〇三―五五四〇―七七九三（販売）

印刷製本　中央精版印刷株式会社

ISBN978-4-02-251205-5

定価はカバーに表示してあります
落丁・乱丁の場合は弊社業務部
（電話〇三―五五四〇―七八〇〇）へご連絡ください。
送料弊社負担にてお取り替えいたします。

本書は、二〇一三年三月一四日から二〇一四年四月三〇日まで朝日新聞で連載された小説『荒神』（宮部みゆき著）の挿絵に、描き下ろしの絵を加えて再構成したものです。
テキストは書き下ろしです。